ENTRE FEU ET CENDRES

TOME 1 LE FEU DANS TES YEUX

ENTRE FEU ET CENDRES

TOME 1 LE FEU DANS TES YEUX

Correction : Amantis Correction
Illustration : Aline Garcia Infographiste

Édition : BoD · Books on Demand, 31 avenue Saint-Rémy, 57600 Forbach, bod@bod.fr
Impression : Libri Plureos GmbH, Friedensallee 273, 22763 Hamburg (Allemagne)

ISBN : 978-2-3225-5360-0
Dépôt légal : Octobre 2024

« L'amour est la seule chose qui peut nous sauver de l'absurde. »

Albert Camus

PRÉFACE

Pauline Baydidi a le don de nous transporter à travers le temps, au-delà de nos manuels d'histoire. Dans son dernier roman, nous mettions les voiles pour le XVIIe siècle, sur une magnifique frégate. Nous sentions presque le vent fouetter notre visage et le bruit des flots bercer notre imagination. Cette fois, nous explorons une autre époque. Ce livre se déroule dans le décor incroyablement réaliste de la Seconde Guerre mondiale. C'est une romance, une belle histoire dans l'Histoire, un récit élégamment écrit.

Mais attention, qui dit romance ne dit pas mièvrerie au pays des fleurs bleues.

Sur les tiges des roses poussent aussi des épines. Et comme dans un rosier buisson, la couleur un peu piquante de la vie est parfois rouge sang.

Depuis quelques années, le milieu cinématographique et littéraire ouvre des brèches et s'éloigne des clichés cloisonnant systématiquement les personnages en « gentil » ou en « méchant ».

Effectivement, l'Histoire nous rappelle sans cesse la complexité de ce monde et des êtres qui le peuplent. Visionnez tout d'abord le film *Le Jour le plus long*, réalisé en 1962, et regardez ensuite *Il faut sauver le soldat Ryan* ou *Alone in Berlin,* réalisés une trentaine d'années plus tard, et vous découvrirez l'évolution psychologique des personnages. Le cinéma n'a plus seulement la mission de nous faire rêver en noir et blanc comme dans les Années folles, mais aussi celle de nous emmener à la réflexion. Dans les films d'aujourd'hui, la plupart des héros ne sont plus forcément des « gentils », et si l'adversaire de ces derniers demeure un ennemi, son rôle n'est plus cantonné à une simple étiquette de « méchant ». Le réalisateur oriente de plus en plus sa caméra vers une personnalité pleine de contrariétés, plus humaine, plus complexe, vers une dimension plus réaliste. Il en est de même dans la littérature.

N'oublions pas que le monde est une véritable palette de nuances.

Les résistants et les révolutionnaires, tout aussi juste que soit leur cause, n'étaient pas toujours tendres. Il en est de même pour les soldats allemands, ils n'étaient pas tous des nazis sanguinaires. Dans son ouvrage, Pauline Baydidi explore parfaitement cette nouvelle vague. À travers cette perspective, elle nous livre parfaitement le ressenti de ses personnages. Au début des années quarante, en période de guerre, de nombreuses personnes se trouvaient confrontées à ce dilemme sempiternel, celui des choix. Il y a ceux qui vivaient leur vie préalablement tracée, conforme à celle de la raison. Et il y a ceux qui se posaient mille questions et finissaient par écouter la voix de leur cœur. Cette deuxième catégorie de personnes engendre des êtres torturés, mais peut-être plus épanouis, ou tout du moins plus captivants, plus vivants, plus humains.

Alors, merci à l'auteure de faire exploser ce bon vieux clivage du « gentil » et du « méchant ».

En y repensant, les lignes de ce roman m'ont propulsée dans un autre film : *Black Book* de Paul Verhoeven. De la même manière, je me suis rendu compte que les véritables héros ne sont pas toujours ceux que l'on imagine.

La profondeur de l'âme nous réserve bien des surprises.

Dans cette immensité grisâtre, le monde n'est ni noir ni blanc. Alors quelle place doit-on donner à l'amour ?

Une question qui traverse l'espace et le temps.

Sous couvert d'une jolie romance, au cœur de la Seconde Guerre mondiale, Pauline Baydidi nous invite à quelques questionnements psychologiques. La morale, l'éducation, la religion, l'honneur, l'esprit de famille et les traditions… tant de principes qui épousent de grandes causes et de belles valeurs, mais qui nous privent parfois de la plus grande des libertés, celle engendrée par l'amour.

En 1964, Barbara, dans sa chanson mythique, disait « Les enfants sont les mêmes à Paris ou à Göttingen ». Dans ce roman, Pauline Baydidi nous soumet l'idée que c'est l'amour qui est le même partout, quelles que soient nos différences, nos opinions et notre culture.

Mais si l'amour est universel, il peut également se perdre dans les méandres de la complexité. D'autant plus lorsque le contexte historique s'en mêle.

Alors, préparez-vous pour l'aventure. Vous parcourrez les couloirs du temps, rencontrerez Heinz et Adèle, leur bonheur et leurs tourments.

Sous la plume soyeuse de l'auteure et dans la douceur de lire, tout comme moi, vous aurez sûrement plaisir à découvrir cette romance, finalement intemporelle. »

Myriam Audouin

CHAPITRE 1

Heinz

Il y a des vérités qu'on ne comprend qu'une fois qu'il est trop tard.

Le feu de nos illusions nous aveugle et nous consume… Pourtant ce que nous sommes, nos espoirs et nos passions n'ont souvent plus de sens une fois la fumée dissipée, et il ne reste entre nos doigts que la froide cendre des regrets.

En ce mois de juin 1941, rien de tout cela ne m'effleure.

J'ai reçu mon ordre de mission pour rejoindre le front. L'Est m'ouvre ses routes, je les dévore avec un appétit sans limite. Euphorique, impatient d'en découdre, je n'ai emporté avec moi que le souvenir de mes proches : le regard chargé d'orgueil de mon père, la mine réjouie de mes sœurs, celle envieuse de mon frère, et puis le hochement de tête presque tendre de ma mère.

Tout comme mon ami Helmut, je suis aux commandes d'un Panzer 3, un char flambant neuf. Aussi vif que docile, le redoutable blindé ronronne sous mes ordres. Perché dans la tourelle, je domine le paysage, secoué par les vibrations de l'engin qui montent depuis mes brodequins jusqu'à la visière de ma casquette.

Illusoire sensation de puissance. Parfois, la lucidité me saisit et je me sens un peu ridicule en songeant que je n'ai aucune expérience du terrain, pas plus que n'en ont mes hommes qui s'entassent dans l'habitacle.

Jour après jour, jumelles en main, je scrute l'avancée de notre lourde colonne de blindés. De temps à autre, je me retourne vers Helmut, lui aussi juché dans la tourelle de son engin : il trépigne tout autant que moi. Nous avons quitté les terres allemandes, grisés par une excitation sans bornes. Lorsque nous passons la frontière polonaise, elle est déjà ouverte : nous sautons au sol et prenons la pose pour immortaliser notre passage.

Escaladant la cuirasse de mon blindé, je reprends place dans la tourelle et nous nous élançons sur cette route conquise. De part et d'autre de la voie, s'étendent des champs de tournesols géants, ces soleils veloutés dodelinent mollement de la tête, comme pour acquiescer à notre passage et tout ce jaune, toute cette lumière me semble presque être un signe venu d'une autre dimension, je m'invente une histoire, je me remplis de cette félicité, de cette voie dorée qui s'ouvre pour nous autres, le peuple allemand.

Mon délire est de courte durée. Des essaims de mouches bourdonnent autour de moi, je les chasse à grands gestes, devinant la raison de leur présence en même temps que je renifle la puanteur qui s'exhale des fossés ; je baisse le regard, mes yeux se plissent, mon cerveau met une seconde de plus à admettre ce que tous mes sens ont compris : des restes humains, éparpillés dans des poses grotesques, se décomposent au pied des tournesols.

Un haut de cœur me saisit. Je relève les yeux sur l'horizon. C'est la guerre, voilà tout. Fermant mon âme à toute sensiblerie, je me concentre sur notre avancée.

Nous traversons des plaines désertées de leurs habitants, des champs abandonnés aux oiseaux, des hameaux silencieux. Et puis soudain, c'est l'explosion. Un des nôtres se déchire en un jaillissement brûlant qui fend le bleu du ciel.

Stupéfait, je n'arrive pas à y croire.

Qui ? Où ? Je pivote et découvre une silhouette massive qui se détache sur ma droite.

Je n'ai pas le temps d'avoir peur, seulement celui de réaliser qu'il s'agit d'un tank ennemi. Ma vie se joue maintenant, c'est le moment d'appliquer rapidement ce que j'ai appris.

Je plonge dans l'habitacle. Je connais la procédure par cœur. Mes mots vont à l'encontre de ce que mon instinct me hurle. J'ai envie de hurler : « *Plein gaz* », mais je m'entends crier « *Faites verrouiller les écoutilles ! Arrêtez le moteur ! Tireur à la visée !* »

Les mains du tireur tremblent… peut-être suffisamment pour rater son tir ? Ce *peut-être* me glace. *Tire !* Le grondement féroce de notre canon précède le bruit métallique de la douille qui retombe sur le sol d'acier et le vacarme d'un embrasement, là, dehors. Je tire le périscope pour vérifier le résultat et je confirme à haute voix : l'engin ennemi brûle. Le soulagement a des relents de sueur et de poudre. Les hommes sifflent leur joie. Je vérifie l'extérieur en faisant tourner mon périscope à 360 degrés. Un Polonais tente désespérément d'échapper aux flammes en se hissant par les écoutilles défoncées de son tank. Incapable de s'extirper, le dos et les bras dévorés par d'insatiables langues crépitantes, le soldat gesticule.

L'incrédulité et le dégoût vissent mon œil à l'ouverture. Un frisson me parcourt l'échine. Je me sens diaboliquement vivant tandis qu'il meurt si puissant et si méprisable. Je me décompose en moi-même, je deviens à mon tour momie de cendre, j'ai envie de vomir et de pleurer en même temps.

Au fil des semaines et des mois ; les terres de l'Est se révèlent.

Chaque saison est une épreuve mortelle, les pires extrêmes alternent sans nuance aucune : fournaise suffocante, piège de boue, désert de glace.

Les distances sont irréductibles. Il faut parcourir des centaines de kilomètres pour relier deux villes, et l'horizon qui s'annonce devant est toujours semblable à celui qu'on laisse derrière soi.

Notre armée s'aventure dans l'immensité hostile, et plus nous avançons, plus nous mesurons à quel point nos ennemis sont aussi sauvages que leurs contrées.

En décembre 1941, nos lignes approchent les faubourgs de Moscou. La perspective de réussir là où Napoléon a échoué nous galvanise. D'ailleurs, si le temps n'avait pas été aussi exécrable, je pourrais entrevoir les tours du Kremlin dans mes jumelles.

La lutte est âpre, mais la victoire est proche. Comme mes frères d'armes, je brûle de rendre fiers les miens et d'honorer ma patrie, et pour cela j'ai le devoir d'obéir fidèlement et énergiquement.

Nous menons une offensive sur le secteur nord de la capitale russe : il s'agit d'enfoncer les lignes adverses pour établir une jonction avec la troisième division blindée qui fonce droit vers le centre de Moscou.

Vers quinze heures, juste avant la tombée de la nuit, mon objectif immédiat est atteint. Les derniers blindés ennemis — de lourds T34 — se sont repliés. Les moins chanceux d'entre eux brûlent en dégageant une fumée poisseuse qui s'évapore difficilement dans le crépuscule. Cadavres humains et carcasses métalliques, tous calcinés, s'éparpillent dans la neige. C'est désormais un spectacle familier qui ne me réjouit ni ne m'émeut : j'y vois seulement la preuve que nous avons été efficaces. L'attaque fulgurante de nos blindés et de nos fantassins, appuyée par l'artillerie, n'a pas laissé la moindre chance à l'ennemi.

Nous évoluons dans un désert glacé. Il n'y a pas d'autres traces que celles qu'impriment les chenilles de nos chars à présent sur la neige. Je fais stopper l'engin que je commande et donne l'ordre à ceux qui me suivent de sécuriser les alentours. La neige tombe drue, et dans ce brouillard blanc, tout devient incertain. Notre imagination carbure.

J'écourte l'inspection ; le plus urgent est de se trouver à l'abri des éléments. Nous nous dirigeons vers un hangar industriel et je fais placer des mitrailleuses en batteries aux ouvertures.

Le vent rue contre les portes et s'engouffre par les carreaux brisés, son souffle mugit dans les poutres d'acier. Combien fait-il alors ? Moins quinze, moins vingt, moins trente degrés ? Nous grelottons tous, serrés les uns contre les autres, avec un espoir commun, celui que l'essence n'est pas en train de geler dans les réservoirs des blindés.

Impossible d'allumer un feu, c'est trop risqué. Pour survivre au froid, nous n'avons que nos manteaux longs et nos couvertures raidies par le gel.

Certains tentent de s'assoupir à même le sol, mais rester immobile se révèle une torture. Les os glacés, je vais et je viens, je piétine d'une ouverture à l'autre tout en battant des bras pour me réchauffer.

Je scrute la neige battue par les bourrasques furieuses du vent. Nos blindés sont masqués par l'obscure pâleur de la tempête… des tonnes d'acier évaporées dans la nuit polaire.

Le chef mécanicien marmonne à voix basse. Son débit monotone me plonge dans un sommeil intermittent, dont j'émerge par à-coups.

Soudain une série de bruits inattendus m'alerte. Je ne suis pas certain de la nature de ce que je viens d'entendre, mais le seul fait d'avoir entendu quelque chose est suffisamment inquiétant. Des Russes… des ours… des loups… que sais-je ? Mes hommes et moi, nous nous observons, tous aux aguets, avec pour seule certitude que nous ne sommes plus seuls dans le bâtiment.

La suite est confuse. Un éclair de lumière brûlante m'aveugle. Je titube dans un silence cotonneux où se meuvent des silhouettes emmitouflées de blanc. Une vague désagréable enfle dans mon cou. L'adrénaline coule en moi comme de la lave. La rage me réchauffe. Je dégoupille une grenade à main, je la jette loin devant. Mon fusil mitrailleur aboie, je tire comme un forcené. Les Russes tombent. J'exulte. Une brusque morsure dans mon cou me fait prendre conscience de ce qui m'arrive ; l'odeur de brûlé confirme mon intuition, je devine, je comprends, je vois et je ressens la morsure des flammes qui crépitent autour du col crasseux de mon manteau. D'un bond, je roule au sol, mais la laine enflammée a déjà fondu sur ma peau.

Au beau milieu d'un gouffre sans fond, mon estomac vide se soulève. Peu à peu, je prends conscience de mes organes, de mon enveloppe, de chaque cellule de mon corps. C'est un feu qui s'allume au fur et à mesure que la douleur irradie et prend possession de mon visage, de mon thorax, de mon cou. Je sombre à nouveau dans le vide.

Plus tard, je reviens à moi. De nouveau, je suis assailli par ces mêmes sensations qui me réduisent à l'état de corps souffrant. Je remue : mes bras et mes jambes m'obéissent, j'effleure mon thorax bandé de tissus humides. Je palpe mon cou et mes doigts s'enfoncent dans un magma indescriptible.

Un soignant au visage creusé de saleté et de cernes s'arrête auprès de ma paillasse. Je lui arrache un diagnostic : une brûlure grave et étendue qui risque de s'infecter, je vais sans doute mourir. Il ne me cache pas mon état, il est pressé, il n'a pas le temps de me ménager.

Je me force à écouter les bribes de conversation. Je suis dans un hôpital de campagne, le personnel est débordé, sur le qui-vive, et surtout prêt à lever le camp. Cette dernière constatation m'angoisse : est-ce qu'ils pourraient nous abandonner aux mains des Russes ? Bien sûr que oui. Terrorisé à cette perspective, je lutte contre le sommeil. De temps à autre, on me donne un cachet qui me plonge dans un profond engourdissement. Les bandages sont sales, je passe des jours sans eau, d'autres sans nourriture ; j'alterne veille et état second, je ne sais plus si je suis évanoui, endormi, ou en plein cauchemar.

J'aurais pu mourir là-bas. C'est certainement ce qui serait arrivé si je n'avais pas été le fils du colonel Ernst Sieber. Ma famille appartient à un cercle restreint de la grande bourgeoisie berlinoise et sait entretenir les relations haut placées.

Un soir, deux officiers SS viennent me sortir de ce mouroir. Dans les brumes opiacées qui m'engloutissent, je comprends qu'on est intervenu pour moi.

Plus tard, j'apprendrai que grâce aux appuis de mon beau-frère, je vais être muté en France le temps de ma convalescence.

CHAPITRE 2

Adèle

Éblouie par les rayonnements du soleil, je cille des paupières avant de m'élancer dans la fournaise et de rabattre les bords de mon chapeau sur mes yeux. Je longe la pelouse. À l'angle du bâtiment, la bicyclette est tombée au sol. Ce vélo a appartenu à Guy, puis à Justin, avant d'être à moi. Guy, Justin… Le souvenir de mes frères me pince le cœur. Justin, le cadet de notre fratrie, a été fait prisonnier les premiers jours de l'offensive. Il *travaille* depuis deux ans dans un vignoble de Rhénanie. C'est tout ce que l'on sait de sa situation : ses rares lettres se réduisent à trois ou quatre lignes couchées sur du mauvais papier. Sans doute parce qu'outre-Rhin, dans ce pays dont le seul nom terrifie l'Europe, on manque aussi d'encre et de papier. Ou bien, peut-être, parce que sa liberté est moins étendue que ce qu'il s'évertue maladroitement à affirmer dans ses écrits. Quant à Guy, notre aîné, il est revenu physiquement indemne des combats. Mais il en a rapporté d'autres blessures, de celles qui ne laissent pas de traces sur le corps et qui au lieu de ça, s'infiltrent dans le cœur, le fendent et l'assèchent jusqu'à en faire une terre aride. Démobilisé au lendemain de la défaite, Guy est devenu un autre.

C'est peut-être pour cela que je me sens si seule. Peut-être aussi parce qu'après mes études au pensionnat, puis mes deux années de formation à l'école d'infirmières d'Angers, je ne suis plus habituée à vivre à la campagne. Je n'ai pas d'amis ici. Pas de distraction.

Il me reste l'espoir d'un travail, le docteur Foucher m'a promis quelques missions ponctuelles, à peine indemnisées, mais au moins, je ne perdrai pas la main et le temps passera plus vite.

Je me saisis du guidon rafistolé, je passe une jambe par-dessus le tube rouillé. La selle est dure. Les pneus usés cahotent le long de l'allée et me font tressauter jusqu'à ce que je rejoigne la voie goudronnée.

Un coup de pied plus fort sur les pédales, un sourire glisse sur mes lèvres : quand bien même Maman m'aurait vue, désormais, elle ne pourrait plus me rattraper. J'ai beau être adulte, elle n'en finit pas de me traiter comme une enfant écervelée.

La route descend entre les talus. Je prends de la vitesse et je dépasse les fermes qui s'éparpillent sur les flancs des collines. L'austère flèche grise du clocher de Saint-Liboire se découpe contre le ciel d'été. Encore un kilomètre à se laisser porter… Le retour sera moins amusant, la pente est raide à remonter.

Un ronflement sourd monte derrière moi. Je freine et stoppe ma course. Pivotant mon buste, je jette un regard vers les hauteurs. Pas d'avion. Ce vacarme motorisé ne vient pas du ciel. Je me retourne vers le lacet de la route qui serpente à flanc de colline. Un instant encore, rien ne bouge puis le nez d'un véhicule pointe au tournant. Un camion partiellement décapotable se dévoile, suivi de plusieurs autres, tous semblables. Une berline noire ferme le convoi. J'enjambe le fossé, à la recherche d'un buisson où me camoufler. Je ne veux pas *les* croiser. Je ne veux pas qu'*ils* me voient. *Ils* m'effrayent et me dégoûtent. Le champ de blé est moissonné et je n'ai nulle part où me cacher.

Plantée sur le bord du fossé, mes jambes tremblent.

Ou bien est-ce la route qui tremble ?

Environnée de la poussière soulevée par le convoi, je ne sais plus. Une moto flanquée d'un side-car zigzague entre les camions avec une agilité démoniaque. Son conducteur, tel un moustique malfaisant, porte de grosses lunettes qui lui mangent le visage. Un à un, les camions me dépassent. Je ne vois pas les soldats qui se trouvent sous les bâches, seulement le métal de leurs armes qui renvoie des éclats lumineux sur le capot noir de la berline.

Figée au bord de la route, je reprends mes esprits. Finalement je me décide à remonter en selle et à avancer vers le village. Je ne suis pas très sûre de moi. Est-ce une bonne idée ? Maman en frémirait d'angoisse. Arrestations arbitraires, prises d'otages, les Allemands peuvent tout. Ils ont tous les droits. Ils peuvent emmener qui ils veulent, Dieu sait où, faire ce que bon leur chante, piller les fermes, les magasins. Qui oserait leur reprocher quoi que ce soit ?

Les rues sont désertes. Des rideaux remuent à mon passage, il y a du mouvement derrière les haies. On se cache pour observer, on attend, on appréhende. Ce n'est pas difficile de savoir où ils se trouvent ; il suffit d'écouter. Le brouhaha descend vers moi. Ils sont certainement arrêtés sur la place du château qui surplombe la Loire et la voie ferrée.

Une part de moi voudrait s'approcher, savoir ce qui se passe, mais trop d'émotions me submergent. Je ne sais plus si je suis effrayée ou furieuse. Mes mains sont moites de sueur.

Je dissimule mon vélo dans la haie qui borde la maison du docteur Foucher, pousse son portail et me glisse dans la salle d'attente. Une paysanne en fichu sombre, le teint jaune, me dévisage. Je la salue et toque à la porte pour signaler ma présence. Le battant s'entrouvre sur un homme fluet, mais dont le regard perçant dénote une grande assurance.

— Ah, mademoiselle Delestre ! C'est bien : vous êtes ponctuelle.

— Bien sûr, docteur.

— Entrez mon petit.

Je lui emboite le pas sous l'œil furibond de la patiente.

Quand je ressors du cabinet, une demi-heure plus tard, je suis heureuse de notre arrangement. Je viendrai faire deux heures tous les après-midis de la semaine, essentiellement pour le décharger des soins courants. Le docteur souhaite se libérer du temps. Je n'ai pas osé demander pourquoi. C'est l'époque qui veut ça : toute curiosité devient suspecte.

L'ambiance a changé dans le village. Les passants ont réinvesti les rues, j'entends des bribes de conversation à la volée : les Allemands ont installé un poste de commandement au château.

Je franchis la grille du jardin. Maman, dans son éternel tailleur gris, m'attend de pied ferme. Je cale le vélo contre le mur et monte les marches du perron.

Tous les signes de la contrariété se dessinent sur l'austère visage maternel.

— Mais enfin, où étais-tu passée ? Tu as vu l'heure ? Je me faisais un sang d'encre. On n'a pas idée de disparaître comme ça. Je t'ai cherchée partout.

Je remets un peu d'ordre dans mes cheveux, je cherche comment lui dire que je viens d'accepter un travail. Mais elle me devance :

— Monsieur Brindois, le maire est passé en ton absence.

Un silence. Je fixe les lèvres serrées de ma mère. Qu'a-t-elle tant de mal à me dire ?

— Les choses changent. Un détachement d'Allemands va arriver. Un de leur émissaire a fait réquisitionner le château pour qu'ils y installent leur *Kommandantur*. C'est à la suite des attentats de juin. Tu sais, ceux de la voie ferrée !

— Je sais. Et… euh, eh bien, ils sont déjà là. Les Allemands. Je viens de les croiser. Tout un convoi, sur la route de Saint-Liboire.

Je m'interromps. J'aurais voulu décrire les circonstances, m'épancher, dire combien j'ai été surprise puis effrayée par ce déplciement de force sorti de nulle part. Non. Entrer dans les détails, c'est courir le risque de restreindre le peu de liberté dont je dispose.

D'ailleurs, maman fronce les sourcils :

— J'avais donc bien raison de m'inquiéter ! Tu finiras par me rendre folle, avec ces escapades !

— Je viens d'avoir vingt-deux ans !

— C'est un fait ma fille : il est grand temps que tu deviennes raisonnable !

Je la suis dans le vestibule sans mot dire. Ce n'est pas le moment de lui parler de mon travail. En passant devant la cuisine, Maman passe ses nerfs sur Marthe, notre gouvernante, qui encaisse les remarques et reproches sans broncher. Je me blottis dans le fauteuil club de mon père. J'étale mes mains sur ses larges accoudoirs au cuir râpé. Maman tournicote en triturant son collier de perles.

— Ah… si ton pauvre père était parmi nous !

Elle caresse d'un regard débordant d'amertume le portrait bordé de crêpe noire qui orne le manteau de cheminée avant de poursuivre :

— Il a donné sa vie pour la France ! Quatre années à patauger dans des trous boueux… et qu'a-t-il gagné, on se le demande ? Les poumons troués, la morphine, les nuits de délire. Je l'ai veillé jusqu'à son dernier souffle.

Je soupire lourdement. Je ne connais que trop bien ce monologue qui n'appelle aucune réponse. D'un geste las, maman désigne la pièce. Sa voix est grignotée par la déception :

— Que dirait ton père s'il voyait notre pitoyable défaite ? Nous sommes tombés bien bas. Heureusement, nous pouvons compter sur le Maréchal pour sauver ce qui peut l'être.

— Pétain a vendu la France !

— Tu parles sans savoir. Sans lui, Dieu seul sait ce que nous serions devenus !

— Rien de pire que ce que nous sommes : des vaincus.

— Suffit ! Tu n'entends rien à la politique.

Je lui réponds par un soupir appuyé, puis je m'extirpe du fauteuil.

La soirée s'écoule entre nous, ponctuée de silences, de reproches et de lamentations.

Je ne réponds plus, je sais que ça ne sert à rien.

Mais j'en ai assez, j'ai envie d'entendre autre chose.

Je place le disque de Lucienne Delyle, *Mon Amant de Saint-Jean*, sur le gramophone. Je fredonne, et j'arrive à arracher un maigre sourire à Maman pendant que nous débarrassons la table. Marthe est rentrée chez elle pour ne pas se trouver dehors à l'heure du couvre-feu.

D'ordinaire, la musique m'envoûte ; aujourd'hui je reste nerveuse : la scène de l'après-midi m'a tellement marquée que je crois à nouveau entendre les moteurs rugir.

Je me concentre sur la mélodie qui déroule ses notes, mais un ronronnement atténué enfle dans l'air. Suis-je devenue folle au point d'imaginer des bruits de moteur ?

Prise d'un doute, je jette un œil vers le jardin, et plus loin, jusqu'à la haie qui borde la propriété.

Une berline noire s'engage dans l'allée. Elle est presque irréelle, enveloppée par les rayons orangés du soleil couchant, mais elle avance bel et bien, et ses pneus crissent sur les gravillons. Je reconnais le fanion de métal planté à l'avant du capot, et ses courbes agressives.

Maman s'est précipitée sur le perron. Pétrifiée, j'observe la scène. Le chauffeur a coupé le moteur. Il sort du véhicule, s'empresse d'ouvrir la portière arrière. Il claque des talons quand, à son tour, son supérieur s'extrait de l'habitacle en dépliant sa longue silhouette.

Le temps devient indéfini, long comme des heures. Les deux Allemands échangent quelques mots. De quoi s'agit-il ? Une pochette de cuir sous le bras, l'officier fait volte-face. D'un pas martial, il grimpe l'escalier de pierre tandis que son chauffeur retire une malle cadenassée du coffre…

Qu'y a-t-il dans cette malle pour qu'elle soit si lourde à hisser ?

Déjà, l'officier, en haut de l'escalier, se dirige droit vers notre porte. Je me plie pour l'apercevoir, mais je ne vois que ses doigts raides qu'il porte à sa tempe en guise de salutation. De son autre main, il brandit un feuillet. Maman s'écarte pour les laisser passer. Le gramophone grésille tandis que des voix masculines, péremptoires, incompréhensibles, investissent le hall. Je respire à peine.

Mon regard roule du dedans vers le dehors, vers le perron, vers le jardin où il n'y a plus personne, plus rien que la longue voiture noire qui se confond avec les ombres de la nuit qui tombe. Je me rencogne contre la vitre, dans les plis du rideau. Je me sens ridicule. Je me terre dans ma propre maison. Ils ont gagné l'étage, car au-dessus, résonne le martèlement continu de leurs bottes. Tiroirs, portes, qu'ils ouvrent et referment à leur gré. Je m'aventure dans le hall, autrefois si familier. Maman vacille dans l'escalier.

— Ils veulent dîner, monte dans ta chambre.

— Juste dîner ? Ils ne vont pas rester longtemps ?

— C'est une réquisition, Adèle ! Ils vont vivre ici, avec nous.

J'encaisse la nouvelle sans vraiment en mesurer la portée. Nous échangeons un regard ahuri.

— Et, euh… combien de temps ? balbutié-je.

— Mon Dieu, mais si je le savais… Monte dans ta chambre et enferme-toi pour ce soir !

M'enfermer ? Vraiment ? Je frissonne.

— Quoi ?

— Oui, verrouille ta porte, pour plus de sûreté. Après tout, nous ne savons pas… Nous y verrons plus clair demain… peut-être.

Au-dessus de nos têtes, les voix allemandes résonnent en sourdine. Je fixe le palier : je les imagine descendre l'escalier… Cette perspective me fait réagir. Quatre à quatre, je grimpe les marches avant de me fondre dans la pénombre du couloir. Filtrant de dessous les portes, des rais de lumière trahissent la présence ennemie, et je comprends — profanation insupportable au possible — que les deux Allemands occupent les chambres de mes frères.

CHAPITRE 3

Heinz

Je rebouche mon stylo plume et range scrupuleusement les feuillets dans une pochette qui rejoint le deuxième tiroir de mon bureau.

Jamais je ne me serais imaginé comme gratte-papier, et pourtant m'y voilà. À gérer de la paperasse. Principalement, ce sont des arrêtés que je rédige et que je signe pour encadrer nos réquisitions.

L'installation et la gestion de nos troupes nécessitent un cadre juridique, et en tant qu'officier supérieur, c'est moi qui en suis garant.

Ma secrétaire, madame Kruber, est en train de faire le point avec le sous-officier en charge de l'intendance, et lorsqu'elle va remonter à mon bureau, je sais qu'elle va me rapporter d'autres listes et d'autres doléances. Nous pillons ce pays à force de lui ponctionner ses récoltes et son bétail, j'en ai conscience. Il faut bien nourrir nos armées.

J'étends mes jambes et me masse brièvement la nuque, en prenant bien soin d'éviter la partie brûlée qui s'étend sur toute la face latérale de mon cou jusqu'à l'os de ma mâchoire. Ma peau est hideuse à cet endroit. Elle se reconstruit en s'atrophiant et cette cicatrice me contraint dans mon mouvement. Je dois éviter de mobiliser mes muscles à cet endroit sans quoi les tiraillements reprennent et peuvent me lancer atrocement pendant des heures. Les huiles médicamenteuses qu'on m'a prescrites n'y font pas grand-chose. Il faut laisser le temps faire son œuvre, m'a assuré récemment le docteur du centre militaire d'Angers. Moi je trouve ce temps bien long, car voilà plus de huit mois que ma brûlure me torture.

Je retiens un bâillement de justesse… Je me frotte le front et pousse un soupir. J'ai si mal dormi. Pourtant, le petit manoir que nous avons réquisitionné est confortable. Mon ordonnance est conquise, elle qui n'a jamais fréquenté que des casernes et des dortoirs collectifs.

Mais pour ma part, je ne m'y sens guère à l'aise. J'aurais préféré dormir avec la troupe, dans les dépendances de ce château transformé en poste de commandement. Je suis obligé de m'imposer une distance avec les soldats et tenir un certain rang, au vu de mon statut d'officier, et ces convenances m'agacent. Je n'ai pas le droit de familiariser avec ceux qui me doivent obéissance. Pas dans ces circonstances. En quelque sorte, c'était plus simple au front. Tous logés à la même enseigne.

L'endroit est parfait. Vraiment idéal. Les dépendances permettent de loger nos hommes et d'entreposer du matériel ; le sous-sol est équipé de plusieurs petites pièces qui serviront si nécessaire de cellules ; la cour intérieure abritera les exercices de tir. Et pour ne rien gâcher, l'ensemble architectural est d'une sobriété admirable : le bâtiment principal est constitué d'un vaste rectangle surmonté en son centre par un fronton triangulaire et flanqué de part et d'autre de deux petites tours d'apparat. Tout est symétrie, ordre, équilibre. Et la clarté : les hautes vitres laissent entrer des flots de lumière. Suffisamment pour égayer le mobilier rudimentaire.

Je palpe la poche de ma vareuse pour en extirper une boite de métal rouge au dessin à demi effacé et aux bords tachés de rouille. Cet étui à cigarettes, mon père l'avait acheté durant la Grande Guerre. Il me l'a donné le jour de mon engagement dans la toute jeune

Wehrmacht. Je tapote ma cigarette contre la paume de ma main, la coince entre mes lèvres. Je fais craquer une allumette, la cigarette s'embrase. Je parcours cette antichambre transformée en bureau. Planté devant l'une des fenêtres entrouvertes, je tire plusieurs bouffées d'affilée. Je n'aime pas le goût du tabac, mais j'en ai besoin. Ça me fait oublier la morphine dont on m'a gavé durant ces derniers mois.

En contrebas, le fleuve émerge entre les innombrables bancs de sable. La masse liquide force sa route au creux des pentes boisées. Un pont métallique enjambe ces eaux vives, sur lequel est posée une voie ferrée qui continue ensuite de longer le fleuve aussi loin que porte le regard. Saint-Liboire est un gros village avec une gare stratégique. Cette bourgade est un nœud ferroviaire qui relie diverses régions voisines, la Touraine, la Bretagne et l'Anjou et qui n'est guère éloigné de Paris. J'ai eu communication des heures de passage des trains, principalement des convois de marchandises à destination de nos armées, du transport de troupes aussi, et puis quelques lignes destinées aux civils. Je contemple un instant ce paysage champêtre, d'une beauté douce et opulente. Un calme apparent qui ne me berne pas. Je sais pourquoi nous avons été déployés ici : sécuriser la région, et empêcher de nouveaux sabotages ferroviaires. Je vais renforcer les patrouilles sur les chemins qui longent les différentes voies.

Madame Kruber revient. Je reconnais ses pas pointus. Avec ses escarpins, elle martèle le parquet sans pitié. J'écrase ce qu'il me reste de ma cigarette sur le rebord de la fenêtre, et cherche un cendrier du regard. Comme je n'en vois pas, je jette mon mégot par la fenêtre. Avec toute la discipline dont elle fait montre, Madame Kruber frappe deux fois au battant. Je la sais immobile et rigide derrière cette porte. Je crois qu'elle pourrait patienter ainsi deux ou trois heures avant de se risquer à frapper de nouveau. Je ricane tout seul puis lance un sonore :

— Entrez !

La secrétaire fait tourner la poignée et claque des talons en signe de respect. En réponse, je lui décoche un hochement de tête poli. Elle est grande et robuste, à l'étroit dans son tailleur vert-de-gris. Seul son chignon tressé lui confère un peu de féminité, atténué par la sévérité professionnelle de son expression. Elle porte deux rouleaux de papier sous un bras, et agrippe une liasse de feuillets ainsi qu'une boite métallique dans son autre main. Elle me tend les papiers.

— Les autorisations demandées par l'intendant, lieutenant.

Je la débarrasse des feuillets et d'un signe du menton, je désigne les rouleaux. Elle s'empresse de m'expliquer :

— Ce sont les cartes, mon lieutenant. Celle de la région et celle de nos avancées. Où voulez-vous que je les placarde ?

— Merci. Faites comme bon vous semble.

Je retourne m'asseoir derrière mon bureau, pour étudier les documents apportés. Du coin de l'œil, je la regarde. Sans une once de remords, elle enfonce les grosses punaises dans les tapisseries anciennes qui recouvrent le mur. Des pastorales, d'un autre siècle. On frappe à la porte.

— Entrez !

Un sous-officier me salue :

— Lieutenant. Le maire est arrivé avec son adjoint et un gradé des gendarmes locaux. Ils sont en bas avec le chef de gare. Tous les quatre ont bien répondu à votre convocation.

— Parfait. Je vais pouvoir faire le point avec eux et leur exposer les règles qu'il faudra désormais appliquer. Faites-les monter.

— Oui, mon lieutenant !

Je lorgne la carte murale qui me fait face et sur laquelle Madame Kruger pique les épingles colorées qui marquent l'avancée allemande. Il y a une nette progression vers l'Est. Je vois ma secrétaire qui s'applique, et qui consulte ses notes pour placer ses épingles au bon endroit. Pour elle ce ne sont que de minuscules piques de métal griffant des noms inconnus, des petites tiges que l'on déplace ici ou là, au-delà d'un fin trait bleu, au cœur d'un espace vert pâle, sur un point surmonté d'un mot imprononçable. Pour moi, c'est autre chose. C'est viscéral. Un rappel. Elle soupire d'agacement tandis que je me souviens. Pour chaque mètre gagné, toutes ces vies sacrifiées.

CHAPITRE 4

Adèle

Tout cela n'aurait pu être qu'un mirage. Contours flous et sans visage de deux silhouettes nappées de la lumière du crépuscule. Mais ils sont bien là, et bien réels. Seule la nuit a muselé leurs voix, car dès l'aube je les entends. Ils raclent les chaises, claquent les portes, font trembler les cloisons et tinter la vaisselle.

Il y avait longtemps que la maison n'avait résonné si fort. Jamais peut-être, car même enfants, mes frères et moi étions tenus d'être sages. Ces deux étrangers, nos ennemis anonymes, ont envahi mon espace comme il y a deux ans, ils ont conquis le pays tout entier : avec une efficacité arrogante et bruyante.

Blottie dans mon lit, à l'abri derrière mes volets clos et ma porte verrouillée, je ne peux les oublier : quoi de plus tangible que ce vacarme qui ancre leur présence ? Leurs voix se répondent. Ils parlent dans leur langue, des sons incompréhensibles pour moi. J'écoute leurs accents gutturaux, partagée entre dégoût et curiosité. Ils sont tout proche, là dans le couloir… Je me bouche les oreilles, je ferme les yeux. Je voudrais qu'ils partent et ne reviennent plus. Je voudrais retrouver la sécurité de ma maison, de ma chambre.

Quand je me réveille, beaucoup plus tard, c'est un lourd silence qui plane. Sont-ils partis ? J'écoute le silence. J'entrouvre l'un de mes volets. La berline n'est plus là.

Je soupire et ouvre grand la fenêtre. Je m'habille à la hâte et déverrouille ma porte. Elle grince atrocement. Mais puisqu'ils ne sont plus là, je me lance. En passant, je lorgne les poignées de porte des chambres qu'ils occupent et qui se font face à l'extrémité du couloir. Je brûle de les ouvrir… mais je n'ose pas poser mes doigts dessus.

Ma mère, l'œil cerné, laisse refroidir sans le boire son ersatz de café. Deux bols vides sont repoussés sur un coin de la table, entourés de miettes soigneusement rassemblées, signe de *leur* passage matinal. Maman sursaute lorsque je veux m'asseoir. Sûrement à cause du raclement de la chaise sur le carrelage. Sans un mot, j'avale mon petit déjeuner. Frugal. Malgré nos approvisionnements au marché noir, le rationnement est là. La nourriture est une denrée rare et chère. Je fulmine ; allons-nous devoir nourrir ces deux envahisseurs sur nos propres réserves ?

La matinée durant, je tournicote, je m'occupe comme je peux, je range, je brasse du vent en essayant d'oublier la chape de plomb qui pèse sur moi. Je voudrais partager mon indignation et mon inquiétude, mais je connais trop bien le silence dans lequel ma mère s'enferre, ce silence qui lui sert de refuge contre les coups du sort. Marthe arrive pour préparer le déjeuner, elle est déjà au courant de cette nouvelle invasion que nous subissons cette fois dans notre intimité. Elle me raconte ce qui se dit au village, ce qu'il s'y passe. Le maire, son adjoint, l'adjudant qui dirige la brigade de gendarmerie et le chef de gare ont été convoqués tous les quatre par l'officier qui a dormi ici. Le couvre-feu est avancé d'une heure, et des patrouilles vont surveiller les lignes de chemin de fer alentour. Des barbelés ont été installés à l'entrée de la gare et les contrôles seront systématiques. En bref, la guerre nous rattrape.

Après toutes ces déclarations, un long silence nous enveloppe, Marthe et moi. Pour se donner une contenance, elle s'essuie les mains à son tablier. Une ride barre son front. D'un tendre coup de torchon, elle me chasse de la cuisine.

Je ne suis pas fâchée de quitter la maison en début d'après-midi. Je m'esquive, tandis que maman jardine. Je ne lui ai rien dit encore pour ce travail. Elle aurait été capable de me l'interdire. Elle s'inquiète pour moi, c'est d'ailleurs pour ça que je suis revenue vivre auprès d'elle ; pour la rassurer. Du travail, à Angers ou ailleurs, j'en aurais trouvé. Par les temps qui courent, infirmière, c'est un métier d'avenir.

Le cabinet du docteur est peu fréquenté aujourd'hui. Il m'explique la même chose que Marthe. La situation s'est tendue, les gens ont peur, ils attendent de voir venir. Le médecin en profite pour me former à ce qu'il attend de moi, il me donne à lire les fiches de ses patients et me fait ranger ses maigres réserves de pansements, d'antalgiques et de seringues qui sont disposées dans une petite armoire métallique tenue sous clé. Sa compagnie et les menus travaux dont il me charge me changent les idées. Nos seuls patients sont une femme au poignet foulé et un vieil homme atteint de goutte. À dix-sept heures, je quitte le cabinet quand une voix m'interpelle :

— Adèle ? Adèle Delestre !

La main sur le guidon, je pivote. Une jeune femme me fait un signe et s'approche. Brune, un visage tanné par le soleil, elle porte une robe usée et sa taille est ceinte d'un tablier délavé. Il me faut de longues secondes pour analyser les traits de celle qui me sourit. De maigres souvenirs remontent à ma mémoire. Solange Morin. Nous avions partagé des jeux lorsque nous avions une dizaine d'années, deux ou trois fois l'an, lors des rassemblements de la paroisse pour les fêtes religieuses. Elle me saisit l'avant-bras :

— Tu me remets pas ?

Je lui souris poliment. Elle lorgne mon vélo, revient sur mon visage.

— Tu es revenue au pays, alors ?

— Euh… oui, eh bien comme tu vois.

Je ne suis pas très à l'aise avec ces retrouvailles forcées, à l'inverse de Solange qui paraît tout à fait enjouée. Elle s'enquiert de ce que je fais, avec qui, pourquoi je me trouve là, à cette heure-ci.

— Et paraît qu'il a deux boches chez vous ?

Je hoche la tête. Je n'ai rien à ajouter. Mais elle m'examine avec un regain d'intérêt. Ses grands yeux bruns s'animent et cette expression contrebalance la vulgarité qui émane de ses traits un peu grossiers, une bouche épaisse surmontée d'un nez trop fort. Elle chuchote en se penchant vers moi :

— Eh bien, dis voir, ils sont comment ?

Je hausse les épaules :

— Comme les autres. Des soldats.

— Ici il n'en venait pas. Alors, on se questionne, on se demande… de quoi ils ont l'air ? Comment ils vous traitent ?

— Je ne les ai pas vraiment vus.

— Sont chez-toi et t'as rien vu ?

— Je les ai évités.

Sa curiosité m'agace. Je pose un pied sur la pédale pour partir, mais elle se met devant ma roue. Elle change de sujet, me parle d'elle, du quotidien ici. Cette fille est intarissable. Plus je l'écoute, plus je prends la mesure de la distance qui nous sépare. Pour Solange Morin, l'avenir se résume à peu de choses : un mariage convenable, cinq ou six marmots en bonne santé, et puis, comme la roue tourne et que le métier use, la reprise de l'exploitation quand les parents seront trop âgés pour le faire. Des terres qui ne lui appartiendront jamais, puisqu'elles sont la propriété de ma famille depuis des décennies, peut-être plus d'un siècle. J'imagine qu'elle n'a pas d'autres options, mais son discours me déprime. Je voudrais me construire une vie différente, une vie à moi, surprenante, pleine de nouveauté et de fraîcheur. Après la guerre. Soudain, elle secoue mon guidon :

— Alors, tu viendras ?

— Où ?

J'avais cessé d'écouter son bavardage. Elle relâche mon vélo :

— À la grange des Laforges, pardi. Pour le bal.

Le bal. Ah oui, le bal ! Ses paroles précédentes me reviennent brusquement en tête : un bal clandestin, entre les jeunes du village.

— Les frères Laforges ?

— Oui, route de Marigné. Tu te souviens ? Près de l'étang où se tenaient les feux de la Saint-Jean. Prends des petites routes surtout. Avec les fridolins…

Je hausse les épaules, puis acquiesce poliment. Cette petite fête ne me dit rien. Je ne connais plus personne ici. Je n'ai pas envie de me retrouver seule au milieu d'inconnus.

— Je verrais ça… dis-je de façon évasive.

— C'est un oui ? Je compte sur toi, et surtout pas un mot, me prévient-elle en posant son index sur sa bouche en signe de secret.

— Oui et non. Je vais voir, et je ne dirai rien, répété-je plus sèchement pour en finir.

C'est un comble ; des années que nous ne nous sommes pas vues, nous nous connaissons à peine, elle me confie un secret qui pourrait bien se terminer à la gendarmerie — ou pire à la *Kommandantur* — et trouve le culot de me mettre en garde ! Décidément, cette fille est stupide. Trop bavarde. Elle s'éloigne. Je la suis des yeux un instant, pensive, puis je me détourne. Je veux arriver chez moi avant *eux*.

CHAPITRE 5

Heinz

Les quatre civils sortent de mon bureau en me saluant ; ils m'ont paru plutôt soulagés de notre entretien. Ils ont bien compris les mesures que j'ai ordonnées, la sévérité dont je dois faire preuve, et sans doute ont-ils perçu que mon intransigeance ne se double pas de cruauté.

Après tout, je ne souhaite rien d'autre qu'administrer ce secteur et sécuriser les transports… c'est aussi dans leur intérêt. Dans la pièce attenante, porte ouverte, ma secrétaire tapote à la machine.

— Madame Kruber, est-ce que vous pouvez aller vérifier si les branchements téléphoniques sont faits ? J'ai un appel à passer. Voyez avec Schmitt, l'opérateur.

Elle hoche la tête et s'empresse d'obéir. Je ne la connais que depuis deux jours, mais je sens que nous allons bien nous entendre. J'aime l'efficacité dont elle fait preuve. Elle revient sans tarder, et me confirme que le nécessaire a été fait. Avec elle, l'opérateur radio ; il installe le téléphone à mon bureau. Quand il a terminé, je les congédie. Si mon ordre la heurte, elle n'en laisse rien paraître et s'éclipse en refermant la porte derrière elle. Je n'aime pas étaler ma vie privée. Je veux appeler ma mère, prendre des nouvelles de mon frère et de mon père. Les nouvelles ne seront peut-être pas bonnes, alors je préfère être seul pour les entendre.

Une opératrice me passe la ligne. La sonnerie retentit trois fois avant que je n'entende la voix de ma mère. Elle rentre tout juste du conservatoire de musique. Je la questionne. Elle s'épanche sur un des poèmes symphoniques de *Liszt*. Comme toujours, elle fait preuve d'une indécente facilité à faire barrage à la réalité. Sa passion pour la musique suffit à absorber la dureté du monde. Intarissable lorsqu'elle évoque ses prochaines dates de concert, ses nouveaux élèves, ou encore les morceaux choisis pour l'examen d'entrée dans cette prestigieuse formation ; elle devient avare de ses mots lorsque les sujets dévient sur des questions plus personnelles, et ce, davantage par indifférence que par souci de prudence. Ainsi, c'est toujours d'une voix détachée qu'elle consent à me donner des nouvelles de Markus, mon frère, parti depuis des mois avec sa section de *Hitlerjunge* sur un chantier de construction de barrage en mer du Nord ; de mon père, qui, promu au grade de général, est affecté à un poste dans les Balkans. Quant à mes cousins et oncles, ses propres frères et neveux, éparpillés sur le front Est, elle ne les évoque jamais. Je lui demande si elle a un numéro de secteur postal pour joindre mon père : elle ne sait plus où elle a rangé l'agenda sur lequel elle l'a noté. De toute façon, il écrit des lettres brèves, mais rassurantes de temps à autre, m'assure-t-elle. Je lui recommande de prendre soin d'elle et je raccroche. Mitigé. Soulagé de l'avoir entendue, de la savoir en bonne santé. Mais déçu aussi. Qu'elle ne prenne pas la mesure de ce qu'est devenue ma vie.

Est-ce qu'elle va ouvrir les yeux un jour ? Peut-être que je ne le souhaite pas. Elle est épurée, et contrebalance la dureté militaire de mon père. Le général Sieber a un goût prononcé pour les phrases toutes faites. *Un homme ne se plaint pas, il endure. L'esprit domine le corps, et le corps obéit*. J'ai bien intégré ces concepts. Je ne me plains pas. Mon esprit domine son corps. La preuve : je supporte sans broncher les affres de ma brûlure qui me démange nuit et jour. Je supporte tout. L'éloignement de ma patrie. L'incertitude sur mon sort et celui de mes proches. Je supporte. J'endure.

Comme mon père me l'a appris.

Je ne l'ai jamais vu plier, je ne plierai jamais, moi non plus. Je ne veux pas le décevoir. Je suis son aîné, celui dont il attend tout. Le jour où d'aspirant, j'ai été promu lieutenant, il m'a infligé une vigoureuse poignée de main. Ensuite il m'a offert une paire de bottes de grand prix, en cuir souple, ornée d'éperons. J'en étais fier. Sans surprise, ces bottes ont été dérobées pendant que je dérivais, drogué à la morphine. Sans doute un camarade qui ne donnait pas cher de ma peau.

Je voulais des nouvelles des miens, j'en ai eu. Inutile de m'appesantir. Je vais faire appeler Acker et rentrer au logis. Aux dernières nouvelles, il était parti chercher de quoi nous cuisiner un dîner. De la bonne chère, dans un décor champêtre, voilà qui va me faire du bien.

CHAPITRE 6

Adèle

L'orage se prépare, amoncelant ses nuages noirs et huileux dans le ciel. Maman m'a fait une petite scène quand je lui ai dit que je travaillerai pour le docteur Foucher tous les après-midis. Mais ça n'ira pas plus loin. Pendant le dîner, elle essaye d'argumenter ; le cabinet médical est à deux pas du château, et elle n'aime pas me savoir si proche de la *Kommandantur*. Je tiens bon. Nous finissons de dîner en silence.

Je termine de débarrasser la table lorsqu'un ronflement de moteur me fait sursauter. Ma mère, à nouveau, m'ordonne de monter et de verrouiller ma chambre : je lui obéis sans discuter. Je ne veux pas les voir. Je sais que c'est puéril. Puisqu'ils vont rester ici un moment, je finirai bien par les croiser. Oui, c'est irrationnel, mais je n'arrive pas à me contrôler. Je me sens bouillir de l'intérieur. Je claque ma porte, j'ouvre grand ma fenêtre. La berline est garée juste en dessous. Je me retiens, mais j'ai envie de leur balancer toutes sortes d'objets lourds sur ce capot noir et bien lustré.

Eux aussi, ils ont dû ouvrir les fenêtres. Je les entends sans peine. Ils parlent si fort ! De savoureuses odeurs de cuisson montent jusqu'à moi… de la viande. J'en salive, et je fulmine. Quelle arrogance ! Ils viennent cuire leurs provisions sous notre propre toit ! Pour nous la viande, c'est au marché noir, une fois par semaine. Ils rient et je serre les poings. Je n'aurais pas aimé non plus qu'ils vident nos placards. En fait, quoi qu'ils fassent ou ne fassent pas, tout m'insupporte.

L'injustice de la situation me donne des palpitations : ces deux soldats s'amusent sans vergogne tandis que je suis calfeutrée dans ma chambre…

La colère bat à mes tempes. D'un mouvement d'humeur, je referme les battants de ma fenêtre. J'essaye d'évacuer mon ressentiment, je m'avachis sur mon lit, encore toute habillée et je feuillette un livre que j'ai déjà lu.

Mais mon esprit refuse les distractions. Il se focalise sur les indices de cette présence indésirable.

Peu à peu les relents de viande se dissipent. Les rires bruyants se taisent et il ne reste de la présence ennemie que la rumeur feutrée d'une conversation virile.

Pourquoi est-ce que je devrais subir ça ? Je me redresse sur mon lit. Je vais aller à ce bal. Oui, c'est décidé. Je ne vais pas attendre que cette guerre prenne fin… Prendra-t-elle fin un jour ? J'ai besoin d'un exutoire. J'ai besoin de sortir de cette maison. De ne plus les entendre. En un tour de main, j'attache mes cheveux, je lisse ma robe chiffonnée, et je déverrouille ma porte.

Prudemment, je traverse le couloir. Dans l'escalier, j'évite les marches qui grincent. Deux ou trois mètres me séparent de la sortie de service.

Je m'interromps, un pied sur la dernière marche, le corps tendu. Ils sont tout proches, là, juste derrière le battant entrouvert qui donne sur le salon. L'entrebâillement est trop restreint pour qu'ils me voient ; et la partie du vestibule que je dois traverser ne sera pas dans leur champ de vision. Je me lance.

— Mademoiselle !

Je m'immobilise. Dans mon dos, la voix se fait entendre à nouveau :

— Pouvez-vous me dire où sont les disques ? Il y a le… un gramophone et nous voudrions écouter de la musique.

La demande, formulée dans un français convenable n'est pas dénuée de fermeté.

Je fais volte-face.

L'officier allemand est sanglé dans un uniforme noir : vareuse cintrée, pantalon ajusté rentré dans de courtes bottes cavalières. Ses cheveux bruns sont gominés et coiffés vers l'arrière, soulignant la hauteur de son front et le saillant de ses pommettes. Ses yeux, d'un bleu glacial, durcissent ses traits et achèvent de me mettre mal à l'aise. Je reste muette, figée par un mélange de frayeur et de fascination. Je découvre le visage de celui qui occupe ma maison. C'était donc lui, l'officier descendu de sa berline, celui qui claque les portes, racle les chaises et ouvre les tiroirs… Une bouffée de sensations violentes me submerge. Il esquisse un sourire poli que je ne lui retourne pas.

— Nous n'avons pas été présentés. Je suis le lieutenant Sieber. Mon ordonnance, Acker, va aussi habiter ici avec moi. Il ne parle pas votre langue, mais vous pourrez vous adresser à moi, en cas de besoin. Et vous-même, vous êtes… ?

Mon cerveau refuse de fonctionner. Est-ce à cause l'accent guttural qui écorche ses mots ? De sa voix bien timbrée ? Du ton aimable, mais presque condescendant ? Il attend, il me scrute, et comme ma réponse ne vient pas, il émet une hypothèse :

— Vous êtes… la fille de madame Delestre ? Adèle ?

J'acquiesce. Il me gratifie d'un sourire encourageant, mais j'y perçois une humiliation de plus.

— Très bien. N'ayez pas peur, mademoiselle. Nous sommes convenables. Vous ne nous verrez pas beaucoup.

Je vous ai déjà trop entendu. La réplique, fort heureusement, reste bloquée dans ma gorge. Il continue :

— Et pour les disques, pouvez-vous m'orienter ?

— Vous n'avez qu'à… euh… regarder dans le buffet.

— Le boufet ?

— Le meuble du salon, avec de la vaisselle. En bas, la porte en bas de ce meuble, à côté du fauteuil.

Il m'écoute avec attention, puis se retourne vers l'entrebâillement de la porte pour transcrire ma réponse en allemand à son subordonné. Tandis qu'il lui parle, son col découvre une marque rouge et froissée dans son cou, qui monte jusque sur la ligne de sa mâchoire. Une brûlure. Assez grave à ce que je peux en voir. Il se retourne soudain et capte la direction de mon regard. Honteuse, je rougis sans parvenir à baisser les yeux. Je me sens comme foudroyée par ses pupilles. L'expression indéchiffrable, il pointe du doigt la porte vers laquelle je me dirigeais lorsqu'il m'a interpellée :

— Vous sortez ?

— Oui.

— Est-ce qu'il est nécessaire de sortir ? Vous n'oubliez pas que le couvre-feu est dans…

Il relève la manche sur son avant-bras et tapote sa montre :

— Dans dix minutes. C'est imprudent de se retrouver dehors le soir. Interdit.

Je dois avoir l'air absolument effrayée, car il reprend aussitôt d'un ton moins formel :

— Mais vous le savez certainement : il faut respecter les règles.

— Je ne vais pas loin.

Il hausse un sourcil dubitatif ; à cet instant une voix masculine s'élève, qui provient du salon. Une voix épaisse d'homme mûr. L'autre Allemand. Je l'avais oublié. Il parle à nouveau, et son ton interrogatif indique qu'il pose une question. Je suis au comble du malaise. Va-t-il venir lui aussi ? Je ne peux imaginer me retrouver coincée dans ce tout petit espace, entre la porte close et la cage d'escalier, en compagnie de deux soldats ennemis…

Comme s'il avait lu dans mes pensées, le lieutenant s'est reculé.

— Parfait. Je ne vous retiens pas plus longtemps… Si vous voulez bien obéir, vous revenez dans… hmm… huit minutes exactement, dit-il sans ciller, si bien que je ne sais s'il s'agit d'une menace, d'une moquerie ou d'une permission.

Le lieutenant paraît sur le point d'ajouter quelque chose. Est-ce qu'il cherche ses mots ? Je reste suspendue à ses lèvres qui s'incurvent en un infime sourire. Je ne suis pas certaine de comprendre… Finalement, il me salue d'un brusque hochement de tête et s'engouffrant dans le salon, il referme la porte derrière lui.

Je regarde successivement le battant qui s'est refermé, puis la porte en chêne de l'arrière-cuisine. Tout s'est passé si vite. Le couvre-feu est imminent. Par ma seule présence dehors, je vais commettre une infraction. Pourquoi ne m'a-t-il pas interdit de sortir ? Son sourire… A-t-il vraiment souri ? « *Si vous voulez obéir* » est-ce que cela veut dire que j'ai le choix ? Je ne dois plus réfléchir. Sois je sors, sois je reste. Je me décide. Je me précipite dehors, je cours jusqu'à la haie contre laquelle j'avais calé ma bicyclette, je grimpe sur ma selle et je donne un bon coup de pédale.

La campagne vibre d'une tension palpable. Dans les prés, les bêtes sont nerveuses. Rassemblées sous les feuillages, elles raclent la terre de leurs sabots. Le ciel s'assombrit de minute en minute. Je pédale vite, je veux oublier cette scène étrange qui vient de se passer. Pour éviter les risques inutiles, je quitte la route principale. Je ne suis pas tellement sûre de moi, je me fie à mon instinct, j'ai peur de me perdre. Mais finalement, les paysages me sont familiers et la ferme des Laforges apparaît au bout du chemin terreux. À droite, la silhouette pentue d'une grange se découpe dans l'obscurité naissante. Un flonflon s'échappe de sa porte à doubles battants, à peine couvert par les rires et les cris de joie. Pourvu qu'il n'y ait pas de patrouille sur ces chemins… Je réprime cette idée : les patrouilles s'en tiennent *certainement* aux abords directs du village, de la voie ferrée, aux routes départementales. J'abandonne ma bicyclette contre la clôture et je traverse le pré. L'odeur enivrante de l'herbe coupée me chatouille les narines. Je m'avance, je cherche un visage familier sous la lumière crue des ampoules. Les jeunes gens dansent, et s'amusent au rythme effréné de l'accordéon. Les tenues sont simples, en toile grossière ou coton délavé. Il manque des boutons à certaines chemises et les souliers des danseurs sont usés, certains sont chaussés de galoches, d'autres de sabots. Je fixe mes pieds, mes sandales compensées à bride bleue. Je ne me sens pas vraiment à ma place.

Je contourne les danseurs pour rejoindre le fond de la grange où une planche de bois, des tréteaux et quelques chaises bancales constituent une buvette improvisée. Là, des filles chahutent, je reconnais vaguement quelques visages. Debout sur une estrade faite de caisses superposées, un gamin à la tignasse rousse joue une polka, son pied bat la mesure. Sa veste, trop longue, lui descend jusqu'au creux des genoux et s'ouvre au rythme de la musique. Je n'ai que le temps d'entrevoir Solange entre les bras d'un homme dont le béret est enfoncé sur le front, que je suis moi-même happée dans ce tourbillon effréné. Une main m'entraîne, et les danses s'enchaînent à m'en donner le vertige. La musique se poursuit sans relâche, je me laisse étourdir par cette liberté toute neuve.

Après un dernier accord, l'accordéon se tait. Le jeune musicien a soif. Il repose son instrument à ses pieds et un joyeux brouhaha s'installe. Mon cavalier me lance un sourire ; je le lui rends de bonne grâce. Je le dévisage, et le reconnais. Pierrot Laforges avec ses cheveux blonds en bataille. Je l'ai croisé, enfant, dans les rues de

Saint-Liboire. Il a le même sourire aigu qu'autrefois. Son visage s'est empâté et ses joues mal rasées sont rougies par l'ivresse.

Essoufflée, je porte une main à mes cheveux : mon chignon n'est plus qu'un souvenir. Je tente de ramasser quelques mèches avec les épingles que je n'ai pas perdues. Le sang cogne à mes tempes. Il doit faire nuit noire désormais. L'heure du couvre-feu est largement dépassée… Je me sens à la fois merveilleusement libre et coupable… Je repense à la posture raide de l'officier allemand, à son demi-sourire qui me met en garde… Je secoue la tête pour chasser cette vision dérangeante. Qu'il aille au diable !

— Non ? me demande Pierrot qui se fend d'une petite révérence moqueuse, et bien incertaine. Non à quoi ? Oui ? Oui à un petit verre en ma compagnie ?

Il s'emmêle les pieds et se retient en s'appuyant sur moi. Sa grande main calleuse s'attarde sur l'arrondi de mon épaule, puis il se frotte la tignasse, ébouriffant encore un peu plus sa tignasse hirsute. Comme si ce geste pouvait l'aider à dessaouler. Je ris et le laisse m'entraîner vers la buvette.

D'un geste approximatif, il verse du vin dans deux verres ternis, et lève le sien en ma direction :

— Pour vous, jolie biche, ce grand cru est gratuit. Ou plutôt, c'est offert par la maison, ajoute-t-il en pouffant, ce qui dévoile une dentition mal plantée.

Il heurte son verre contre le mien. C'est une infâme piquette, je m'empresse de vider mon verre pour en finir au plus vite.

— Paraît que tu loges des boches ? me demande-t-il en passant tout d'un coup au tutoiement.

Il a parlé fort.

Un ivrogne, croyant bien faire, donne l'alarme : « *les boches, les boches* ! ». Les rires se taisent, l'incrédulité s'abat sur la grange. Un coup de tonnerre résonne dans la nuit. Pierrot escalade les planches de la buvette. Il titube et lève les deux mains bien haut :

— Amis ! Ce n'est que l'oraaaaage ! Dansez mointant, mainttant, maintenaaaant !

Heureusement l'accordéon s'est remis à jouer et couvre ses beuglements. Il saute à terre, me saisit les deux mains et m'entraîne dans une danse, mais je n'ai plus le même entrain : la guerre s'est invitée à la fête. Dégrisée, j'essaye de me défaire de son emprise qui se resserre.

— Laisse-moi, s'il te plaît ! Je vais rentrer.

Il me souffle au visage :

— Noooon…

Cette fois, je me dégage sèchement. Il me regarde, désemparé, puis lève un index vers le plafond :

— Non. Impossible. Vous allez tomber sur les boches, et les boches s'ils te voient, ils vont vous…

Une bousculade nous sépare, j'en profite pour m'esquiver. J'avance entre les groupes, vers la sortie.

Le vent s'est levé et agite violemment les feuillages. Éclairée par les zébrures blanches qui fissurent le ciel, j'avance à tâtons vers la clôture. Je récupère ma bicyclette et je longe le chemin de terre jusqu'à la route. La rumeur du bal s'est estompée. Je suis seule dans la nuit. Seule et vulnérable. Je m'en rends compte à présent. Si je croise une patrouille… Mes sens sont à l'affût. Les sifflements du vent répondent aux roulements du tonnerre. Giflée par les bourrasques, je me dirige grâce aux éclairs blafards qui illuminent furtivement la route. D'épaisses gouttes de pluie crépitent sur la chaussée. En un rien de temps, je suis trempée jusqu'aux os. L'orage furieux gronde et tempête au-dessus de moi, et je ne peux m'empêcher de penser que ce déversement de violence a quelque chose de terriblement mauvais. C'est un avertissement, une menace à prendre au sérieux. Je grelotte. Enfin j'aperçois la haie de laurier qui borde le jardin. Mes roues cahotent sur les gravillons de l'allée. Je mets pied à terre, et au moment de contourner la bâtisse, je relève les yeux. La pluie colle mes cheveux et me fouette le visage. Je plisse les paupières. Les volets de la chambre de Guy ne sont pas fermés… Un point rougeoyant tremblote derrière le rideau de pluie.

Je me fige.

C'est lui.

L'officier allemand.

Il fume, là, dans l'ombre de la croisée. Est-ce qu'il me voit, lui aussi ? Je me tapis dans l'obscurité, le cœur battant. Je passe l'angle de la maison, j'ouvre la porte arrière avec mille précautions. Mes vêtements dégoulinent sur le carrelage, sur les marches en bois de l'escalier… *ploc ploc ploc*… J'ai l'impression de faire un raffut d'enfer. Je me glisse jusqu'à ma chambre et en verrouille la porte. Voilà c'est fait, je suis rentrée. Je suis en sécurité. Ma robe, ma combinaison, mes sous-vêtements sont trempés : je les jette en boule sous mon lit. Il me faudrait une serviette, mais je n'ose plus ressortir de ma chambre. Qu'à cela ne tienne, j'ouvre mon armoire, j'attrape le premier chemisier en coton de la pile, j'essore mes cheveux avec, puis je me sèche, je me frictionne les jambes, les bras avant d'enfiler une chemise de nuit sèche. Quand je me glisse entre mes draps et, malgré le crépitement de la pluie, j'entends nettement deux claquements secs derrière la cloison. Le lieutenant vient de refermer les volets et la croisée.

CHAPITRE 7

Heinz

Qu'est-ce qui m'a pris de la laisser partir ? Sur le moment, j'ai trouvé cela distrayant. Il y avait longtemps que je n'avais pas parlé à une jolie femme, et celle-ci à quelque chose qui m'a donné envie de jouer. J'avais envie qu'elle s'imagine avoir le choix. Et surtout, j'étais persuadé qu'elle obéirait.

Elle ne pouvait pas braver l'interdiction sous mes yeux. Non, elle ne pouvait que remonter l'escalier et aller se coucher sagement dans la chambre mitoyenne à celle que j'occupe.

Pourtant, ce n'est pas ce qu'elle a fait. Incrédule, je l'ai observée par la fenêtre du salon tandis qu'elle montait sur son vélo. Elle pédale vite. Comme si cela pouvait lui permettre d'échapper à ma vigilance. Après qu'elle a eu disparu derrière la haie, j'ai attendu une dizaine de minutes, persuadé qu'elle allait réapparaître. Mais elle n'est pas revenue. J'ai répondu aux bavardages de Acker de façon laconique. J'étais distrait, vaguement scandalisé. Peu à peu, comme l'obscurité s'étendait, j'ai senti le doute et la colère me gagner.

Est-ce qu'elle se moquait de moi ? Et surtout qu'était-elle allée faire ? Faisait-elle partie d'un réseau de partisans ? De ceux que je devais démanteler ? Était-elle allée retrouver un homme ? Ces hypothèses me contrariaient. Je me suis morigéné ; j'aurais dû être ferme au lieu de m'amuser. J'avais été trop sûr de moi, tellement persuadé qu'elle allait obéir. Et elle s'était jouée de mon avertissement.

J'ai essayé de dormir, mais la violence de l'orage renforçait la colère que j'éprouvais contre elle et contre moi-même. J'ai hésité à descendre et à aller l'attendre en bas, dans l'arrière-cuisine. Finalement j'ai ouvert les volets et je me suis posté à la fenêtre. J'ai fumé plusieurs cigarettes d'affilée. Le vent faisait battre les attaches des volets et frémissait douloureusement contre ma cicatrice. C'était à devenir fou. J'imaginais toutes sortes de scénarios. Je me trouvais stupide.

Et puis je l'ai vue. Sa silhouette claire se découpait contre la nuit, parfaitement moulée par ses vêtements mouillés. Elle a regardé dans ma direction. Apeurée ou intriguée… comment savoir ? Je ne distinguais pas ses traits. Après cela, j'ai entendu ses pas spongieux, le verrou de sa porte, et le grincement de son lit. Voilà, elle était rentrée. Petite peste ! J'ai écrasé mon mégot, refermé le volet, la croisée, et je me suis recouché. Je me suis endormi tout de suite.

Ma journée passe vite. J'ai beaucoup de travail administratif : des piles de dossiers à consulter, des liasses d'autorisations à tamponner, de comptes à vérifier. Une armée en campagne se doit d'être organisée, et je suis ici, dans ce poste de commandement, le garant de cette rigueur. De temps à autre, je repense furtivement à la demoiselle Delestre. Elle m'apparaît comme un dilemme, faite de douceur et d'insolence. J'y pense, j'y pense… au point que l'impatience me pousse à accélérer le traitement de mes tâches. L'heure tourne, et je ne veux pas rentrer tard. Il va falloir que je la confronte à sa désobéissance, que je l'entende s'expliquer et se défendre. Je veux l'interroger. Je le dois. J'en ai envie. C'est un peu tordu, mais je suis aussi courroucé qu'admiratif, et je ne peux plus rester avec toutes ces questions en tête.

Le paysage défile sous mes yeux : ruelles en pente, géraniums aux rebords des fenêtres, une longue rue droite plantée de marronniers, l'école attenante, le parvis de l'église et les devantures des magasins avec leurs files d'attente pour certains, quelques pâtés de maisons encore, puis la campagne. Un bois, un carrefour, la route qui serpente, les chemins de terre qui courent jusqu'aux fermes, elles-mêmes perchées à flanc de colline. Dans les pâturages, les paysans rabattent le bétail. Un virage encore et c'est la haie de laurier que la berline franchit en freinant. Acker est un bon conducteur, mais il manque de souplesse.

Il se gare, coupe le moteur.

À l'extrémité de la pelouse, sur le fil à linge, une robe à pois bleue est en train de sécher… ainsi qu'une combinaison couleur chair et une culotte de même couleur… Un sourire idiot naît sur mes lèvres, je ricane : la demoiselle a fait sa lessive. Acker m'ouvre la portière, je me déplie et m'extrais du véhicule.

En retrait du perron, madame Delestre, un sécateur en main, taille des massifs de rosiers. Je la salue, elle marmonne, son grand chapeau de paille baissé dans les parterres de fleurs. Je peux comprendre sa distance, je n'aurais moi-même pas supporté que des soldats ennemis viennent loger chez moi.

La porte d'entrée est ouverte. Dans le vestibule flotte une musique hésitante.

Acker me lance un regard entendu : a-t-il vu la demoiselle partir à l'heure du couvre-feu hier… ou bien voudrait-il que je m'essaye au piano pour le plaisir de ses oreilles ? Qu'importe ! Je n'aime pas qu'on empiète sur mon terrain. Je le renvoie à ses occupations. C'est un subordonné parfait : discret et compétent. Il s'éloigne.

Je pousse doucement la porte du salon. La jeune Française est assise sur la banquette de velours, la tête penchée sur sa partition. Une jupe bordeaux, à la taille haute, lui enserre les hanches et son chemisier blanc laisse entrevoir, en transparence, les bretelles fines de sa combinaison. Elle continue de jouer ; trop concentrée pour prêter attention au bruit que font mes bottes cloutées. L'exercice semble être laborieux : elle reprend les mêmes portées encore et encore… et commet toujours les mêmes erreurs. Ce nocturne de Chopin est ardu. Mais elle persévère. C'est bien. J'aime cette qualité.

Je toussote pour signaler ma présence. Elle s'interrompt dans un sursaut. Ses doigts dérapent sur les touches.

— Je ne voulais pas vous effrayer, dis-je avec un sourire poli.

C'est un mensonge ; je ne suis pas mécontent de la déstabiliser.

— Ce *lied* est difficile, n'est-ce pas ?

J'attrape la partition. Elle ose à peine respirer tandis que je consulte les feuillets. Bruissement électrique du papier entre mes doigts.

Je repose la partition sur son support.

— Je vous ai vue hier.

Elle se mordille la lèvre :

— Euh… quand ?

Elle a la voix cassée. Elle a sûrement pris froid hier avec son escapade sous l'orage. Je le revois trempée, sous ma fenêtre… et m'empresse de chasser cette vision délicieuse. Je dois garder l'esprit clair.

— Quand vous êtes partie. Revenue. Et vous m'avez vu, vous aussi. Vous savez que je sais.

— C'est-à-dire… ? Que vous savez… ?

La maligne. Elle veut m'embrouiller les idées. Ou m'attendrir. Parce qu'elle me regarde dans les yeux et malgré moi, cela me perturbe. Ses joues rondes et sa bouche charnue accentuent son air juvénile. Elle bat des cils avec innocence. Je m'efforce de rester de marbre, même si mon intérêt doit se lire dans le regard que je lui adresse. Je reste ferme :

— Où étiez-vous la nuit dernière ?

— Ici. J'ai dormi ici.

— Avant de dormir. Vous êtes rentrée à une heure quinze du matin.

Elle fixe un à un les revers de ma veste. Les endroits précis où sont brodées les têtes de mort, l'emblème des régiments de chars. Puis plus bas, au niveau du cœur, en dessous de l'aigle brodé. Là où est épinglée ma croix de fer. Cette décoration, j'en suis fier, je l'ai gagnée au front. Mais je vois à son expression qu'elle pense tout autre chose de mes insignes. Elle baisse le regard, incapable de répondre. Je m'efforce à la patience :

— Je ne vous veux aucun mal, mademoiselle. Mais c'est nécessaire de respecter les règles. J'ai besoin de sûreté. Est-ce que vous comprenez ?

— Oui, souffle-t-elle en relevant le menton.

— Donc, vous étiez… ?

— J'étais, j'étais…

— Oui ?

— Je… je ne le referai plus.

— Quoi ?

— Sortir après le couvre-feu.

Sa voix s'éteint. Elle se tortille sur sa banquette. Elle voudrait m'échapper. J'étends mon bras et pose une main sur le piano. Je la domine de ma hauteur.

— Où êtes-vous allée ? Répondez, exigé-je.

Face à mon air résolu, elle cède brusquement :

— J'étais allé danser. À un bal. Dans une ferme.

Danser ? Un bal... dans une ferme ? Je fronce les sourcils. Sa réponse me surprend, et ne me plaît guère. Aller danser après le couvre-feu ! Peut-être que certains jugeraient cette activité innocente, mais j'y perçois autre chose qu'un banal besoin de s'amuser. Cela signifie que les populations sont prêtes à désobéir, à être hors la loi, à prendre de grands risques pour… des occupations futiles.

— Les rassemblements sont interdits, lui rappelé-je sèchement. Tout comme les sorties après vingt-et-une heures.

— Je sais…

— Voulez-vous risquer votre vie pour danser ? Les soldats ont ordre de tirer à vue.

Nos regards s'affrontent : elle a peur, je le sens, mais c'est elle désormais qui maintient notre contact visuel. Son effronterie me trouble.

— Je dois vous avertir de ne pas recommencer, mademoiselle. C'est très embarrassant. Je devrais prendre des sanctions.

— Je sais.

— Ah. Vous savez. Très bien. Avertissez vos amis de cesser ces initiatives. Imaginez que… *also*… je ne peux pas tolérer ces débordements. La population doit être sage pour que tout se passe mieux.

— …

— Compris ?

— Comment avez-vous appris le français ?

Sa question me désarçonne. Je tapote le pupitre.

— Je… j'ai reçu une éducation complètement totale.

Ma réponse doit l'amuser, car un éclair de malice, aussitôt réprimé, passe dans ses pupilles brunes. Je ne peux m'empêcher de laisser filtrer un sourire.

Je devrais rompre l'entretien, mais… je jette un regard vers le piano.

— Vous permettez ?

Après un flottement, elle se relève, bras croisés sur sa poitrine rebondie.

— Je vous rends le clavier après un morceau, dis-je pour la retenir près de moi.

Elle passe d'un pied sur l'autre, puis après une hésitation, s'accoude à l'extrémité du piano. Je relève mes manches sur mes poignets. Je choisis de jouer de mémoire. *Sonate au clair de lune*.

Un de mes morceaux favoris. Mes doigts courent sur les touches. Cela faisait si longtemps. La musique me libère, mais je ne parviens pas à me concentrer totalement… Je sens son regard peser sur moi… J'abrège et plaque un dernier accord.

— Vous jouez bien, reconnait-elle du bout des lèvres.

Je hoche la tête. Je n'aime pas la fausse modestie. Je suis bon musicien, je le sais.

— Ce n'est que le résultat du travail. Vous y arriverez aussi. Il faut répéter, répéter, répéter encore.

La demoiselle ébauche un sourire tout en retenue, ce qui m'encourage à poursuivre :

— Je peux vous conseiller si…

— Adèle ! Va voir en cuisine pour le dîner. Immédiatement.

Je pivote vers la voix qui vient de m'interrompre : Madame Delestre me toise comme si j'étais un nuisible. Sa fille me jette un bref regard suppliant avant de s'éclipser ; je devine qu'elle me demande de taire son secret. Je me relève et rabats le couvercle sur le clavier.

— Je me suis permis d'essayer votre piano.

— Je vois cela. Vous apprendrez qu'il était à mon époux.

Sa voix est aussi aigre que son regard qui se dirige maintenant vers le manteau de la cheminée, ou plus sûrement vers un cadre bordé d'une dentelle noire.

— Mes condoléances, dis-je.

Elle crispe ses lèvres et un silence malaisant s'installe entre nous. Je lisse ma vareuse. Je devine sa rancœur. Ma bonne éducation reprend le dessus :

— Pardonnez-moi si j'ai offensé vos oreilles et la mémoire de votre époux, madame Delestre. Ce n'était pas mon intention.

Elle me fait l'affront de ne pas répondre et s'écarte pour me laisser quitter la pièce.

Je sors sur le perron. Assis sur une marche, je tire une cigarette de ma vareuse tout en marmonnant une ribambelle de jurons en allemand. Pourquoi diable faut-il que les gradés logent chez les habitants de ce pays ? Cette proximité n'est pas saine. Le confort m'importe peu. Ma place se trouve dans le dortoir aménagé dans les dépendances du château. Avec mes hommes. Avec mes semblables.

CHAPITRE 8

Adèle

Font-ils moins de bruit ? Sont-ils plus prévenants ? Ou est-ce que je m'habitue déjà à leur présence ? Malgré mon mal de gorge, j'ai bien dormi, cette nuit. Je ne les ai pas entendus partir ce matin. Au petit déjeuner, Maman m'a mise en garde, elle ne veut pas me voir leur adresser une autre parole que ce qu'exige la plus élémentaire des politesses. J'acquiesce, le nez dans mon bol. Est-ce que l'officier a gardé mon secret ? J'ai transgressé la loi sous ses yeux… Les mots que nous avons échangés, le lieutenant et moi, tournent en boucle dans mon esprit. Je me repasse mentalement notre échange. Je n'en reviens pas d'avoir été si transparente. Il n'a eu qu'à me questionner. Pas de menaces, pas de cris, et j'ai tout avoué. Qu'est-ce qui m'a pris ? Je me sens idiote. Je le déteste pour ce qu'il représente, pour la peur qu'il m'inflige, pour cette rage qui bouillonne dans mon ventre quand je le vois. Et pourtant il n'a pas cherché à me punir ni à me faire dénoncer qui que ce soit.

Mon déjeuner avalé, je grimpe sur mon vélo et me rends à la permanence du docteur Foucher.

Nous soignons des malades ordinaires, des maux courants, aggravés par la malnutrition. Me rendre utile me sort de la routine mortifère de la maison, et j'aime échanger avec les patients, même si certains m'interrogent sur le lieutenant Sieber. Leur curiosité malsaine m'agace, je n'ai pas envie de leur parler de lui. J'ai envie d'oublier. Je soupire, j'élude, je coupe court.

En fin d'après-midi, juste avant mon départ, le docteur Foucher est appelé pour un accident dans une ferme. Un paysan qui aurait eu la cuisse embrochée par une corne de taureau. J'ai pour consigne de ranger le cabinet et de fermer à clé derrière moi. Le docteur me laisse ses ultimes recommandations, je verrouille derrière lui ; puis j'entends le moteur de son automobile qui pétarade dans la rue.

Quelques boites de pansements à ranger dans le placard métallisé, des dossiers à archiver : des tâches simples qui sont expédiées en une vingtaine de minutes. Reste un peu de ménage. Je m'empare du balai lorsque la sonnette retentit.

Je me fige, le balai en main, puis je décide d'entrouvrir la fenêtre : cheveux hirsutes, regard brillant, joues couperosées, je me trouve nez à nez avec Pierrot Laforges.

— Je peux entrer ? me demande-t-il sans préambule.

— Le docteur est parti en intervention.

— Je sais. J'ai croisé sa voiture.

— Eh bien… je ne vois pas ce que je peux faire pour toi…

Il me fait un clin d'œil :

— M'ouvrir la porte !

— Et ?

— Ouvre, on va pas discuter sur un bout de trottoir.

Je soupire. J'hésite.

— Je ne suis pas censée…

— J'ai quelque chose à te demander. De privé.

Il me regarde avec une gravité presque menaçante. Mes doigts se crispent sur le manche du balai.

— Et là comme ça, tu peux pas me le dire ?

— Non. Tu m'ouvres oui ou merde ?

Je le fusille du regard.

— De quoi t'as peur ? Je vais pas te sauter dessus. Ouvre, bordel !

— J'arrive, dis-je en lui claquant les battants de fenêtre au visage.

À peine ai-je déverrouillé la porte de la salle d'attente, que Pierrot me bouscule pour entrer, ma tête heurte le mur et fait tomber un cadre qui atterrit sur une des chaises.

— T'es trop longue à la détente ! Si je te demande d'ouvrir, tu ouvres !

Choquée, dos au mur, je le regarde prendre le portrait de Pétain et le replacer tranquillement sur son clou.

Il me coule un regard de biais :

— J'aime pas répéter. Alors, écoute bien.

— Et moi j'aime pas qu'on me parle comme ça.

Il ricane et lorgne mes jambes, mes hanches, mes seins. Je croise les bras.

Un pas en avant et il fond sur moi, il m'attrape le menton entre son pouce et son index pour me forcer à le regarder :

— Fais pas la maligne. Les petites bourgeoises dans ton genre, je sais les mater.

Je secoue la tête avec obstination, mon cœur bat à tout rompre. Avec un petit rire, il me relâche et se laisse tomber sur la chaise la plus proche.

— Assieds-toi qu'on cause.

J'obtempère. Mes jambes tremblent, je m'en rends compte à présent. Je les croise sous la chaise, je serre les mâchoires.

— Bien. Trois choses. La première : si je te demande des médicaments, tu diras oui. Sans poser de questions.

— Pourquoi est-ce que…

— Deuxième chose : j'ai besoin d'infos sur l'officier qui loge chez toi.

— Mais…

— Débrouille-toi. Je veux ses habitudes, ses horaires d'arrivée, de départ, ses déplacements, tout ce que tu peux glaner. Troisième chose : ouvre ta gueule et je saurai te la faire refermer.

Il passe une main dans la touffe désordonnée de ses cheveux et me regarde d'un air vaguement coupable.

— Faut que tu fasses comme je te dis, tu saisis ? me questionne-t-il d'un ton devenu mielleux.

— Non… j'ai pas accès aux médicaments, ils sont sous clé…

Il serre les poings, me parle avec condescendance :

— Faudra en subtiliser. Au fur et à mesure. Pansements, désinfectant, ce qui peut aider pour soigner les blessures. Tu vois ce que je veux dire.

— Je vois…

— Ouais. Bon, et pour le boche ?

Le lieutenant ? Je ne veux pas d'ennuis. Je souffle bruyamment et cela me déclenche une quinte de toux. Ma gorge est sèche, j'ai l'impression qu'un feu me déchire les poumons. Je réprime la toux qui s'apaise enfin… Un frisson me secoue l'échine.

— J'ai rien à te dire, marmonné-je. Il ne fait rien de spécial. Il dort, il mange, il part le matin tôt, revient en fin de journée.

— À quelle heure ? Départ ? Arrivée ?

— J'ai pas fait attention.

— Tu regarderas. Est-ce qu'il ramène des documents avec lui ? Des papiers, des plans ? T'as fouillé sa chambre ?

Cette fois je me dresse :

— Fouiller ses affaires ! Mais tu veux me faire fusiller ou quoi ?

Il ricane et se relève à son tour.

— Je repasserai. En attendant, tu sais ce qu'il te reste à faire.

Il claque la porte si fort que le portait de Pétain rebondit sur l'assise de la chaise.

CHAPITRE 9

Heinz

Comme les soirs précédents, la main sur l'interrupteur, je balaye la pièce d'un regard attentif. Tout paraît identique à ce matin. La couverture est tirée et la malle refermée. Pourtant moi, je le vois. Ce pli sur le haut du drap. Ce creux dans l'oreiller. L'angle de la malle. Quelqu'un — ou peut être quelqu'une — est entré ici. La demoiselle ? Sa mère ? La domestique qui vient la journée ? Un intrus, un visiteur ?

Je referme ma porte pour inspecter soigneusement mes affaires en songeant que je devrais prévenir Acker de cette intrusion. Je l'entends chantonner dans la salle de bain voisine. Même s'il n'a pas accès aux documents militaires, il doit rester sur ses gardes. On n'est jamais trop prudent. Le soleil de cette province ne doit pas nous ramollir, nous ne devons pas oublier que nous sommes en territoire ennemi. Que des individus ont été capables de fomenter des attentats, dans ce village ou aux alentours ! Que ces gens ont de quoi fabriquer des explosifs, qu'ils disposent d'armes. Qu'ils veulent nous nuire !

Évidemment, je ne laisse rien de confidentiel derrière moi. Les dossiers sensibles sont soigneusement conservés à la *Kommandantur* sous bonne garde. À chacune de mes sorties, je reste vigilant dans mes déplacements, je scrute les expressions des civils, j'enregistre leur physionomie. La survie en temps de guerre tient à peu de choses.

Contrarié, je m'assieds au bout du lit. Les ressorts grincent sous mon poids. Coudes sur les cuisses, je me prends la tête entre les mains. Si je réfère de cette intrusion à Acker, les femmes de cette maison vont avoir des ennuis. Je ne pourrai rien empêcher. Il y a une procédure à respecter. J'ai beau être gradé, je ne jouis d'aucune liberté. Je devrai les interroger, faire un rapport, et sans doute des agents de la Gestapo se déplaceront ici pour prendre le relais. Je sais comment ils traitent les civils, et je les méprise pour cela. Imaginer qu'elle puisse être à la merci de ces brutes… Je fourrage dans mes cheveux, incapable de me contenir. Deux coups brefs à ma porte.

— Besoin de quelque chose, mon lieutenant ?

Je me tends. Un instant, j'hésite, la dénonciation reste coincée dans ma gorge. Je grince entre mes dents :

— Merci Acker. À demain. Six heures.

— À demain mon lieutenant.

Son pas lourd s'éloigne, suivi du claquement de sa porte, puis de ses volets qu'il referme. Bon sang, cet homme n'a aucune discrétion ! Son remue-ménage continue avec les grincements de sa literie. Bientôt, je vais l'entendre ronfler !

Je ricane nerveusement en ôtant mes bottes. Je déboutonne ma vareuse, puis le col de ma chemise.

Deux options se présentent à moi : me déshabiller, me coucher… et puis, quoi ? Réfléchir à ce que je viens de constater. Tourner dans ce lit en cherchant à résoudre ce dilemme. Ressasser. Douter.

Ou bien, deuxième possibilité : éclaircir la situation.

Pas sûr que ce soit la meilleure idée. Mais je n'aime pas les incertitudes.

En chaussettes et le pas décidé, je me dirige droit sur la chambre de la demoiselle. Un rai de lumière filtre sous le battant. Elle ne dort pas encore. Très bien. Parfait. Par souci de bienséance, je toque discrètement, un coup, je compte trois secondes et j'appuie fermement sur la poignée. Elle me résiste. La demoiselle s'est enfermée ! L'idée m'étonne : croyait-elle qu'on allait venir l'agresser en plein sommeil ? À moins qu'elle ne dissimule quelque activité malhonnête ?

— Qui est là ? souffle sa voix féminine.

Je réponds dans un même murmure :

— Sieber. Ouvrez.

Un cliquetis métallique se produit : elle tire son verrou. Et… rien. Le battant reste clos. Agacé, je décide d'ouvrir moi-même la porte. En chemisette et jupon court, un châle jeté sur les épaules, les cheveux relâchés, elle me dévisage avec une stupeur mêlée d'appréhension. D'accord. C'est elle. Je le sens, j'en suis persuadé. Elle est entrée dans la chambre qui m'a été attribuée et elle a fouillé mes affaires.

Reste à savoir pourquoi. Je referme la porte derrière moi. La pièce est spacieuse et fleure bon le parfum. Elle resserre les pans de son châle sur sa poitrine tandis que je l'observe d'un air sévère. Ses cheveux dorés forment un ruissellement de lumière autour de son visage tendu vers moi. Elle est à peine vêtue, prête à se mettre au lit, et la voir ainsi me donne l'impression de voler un moment d'intimité qui ne m'est pas destiné. Pourtant, elle ne me chasse ni ne refuse mon regard. Au lieu de cela, elle rougit comme une adolescente.

Est-elle intimidée ou bien apeurée ?

Dans le silence imposé, une certaine tension plane entre nous deux. Elle croise les bras et un mouvement imperceptible pince ses narines. Sa bouche frémit, mon œil s'attarde sur l'ourlet de ses lèvres… et un trouble insidieux me gagne.

Quoi ? Allons Sieber ! Reprends-toi !

Cette femme n'est pas allemande. Et en plus de cela, elle est tout sauf fiable. Je brise le charme :

— Je sais que c'est vous.

J'ai parlé assez bas pour ne pas être entendu par Acker ni par madame Delestre. La demoiselle s'apprête à répliquer, mais je ne lui laisse pas le temps de protester : je n'ai pas envie de l'entendre mentir. Je poursuis dans ma lancée, sur un ton glacial :

— Savez-vous pourquoi nous logeons chez vous, mon ordonnance et moi ? Nous avons choisi cette habitation pour le téléphone, le confort et la sécurité. C'est un choix réfléchi. Nous avons des renseignements sur vous, sur votre mère, sur votre domestique et sur vos frères. Celui qui travaille à la préfecture. Celui qui est prisonnier de guerre. Je sais votre âge, votre prénom, votre jour de naissance, je sais que vous avez fait vos études d'infirmière à Angers pendant deux années, je sais que vous avez accepté un travail au cabinet médical du village. Rien n'est laissé au hasard. *Also*… De la même façon, s'il m'arrive quelque chose de néfaste, vous serez les premiers suspects. Est-ce que vous mesurez l'importance majeure de ce que je vous dis ?

Elle hoche la tête puis cache sa bouche dans son châle. Une toux sèche lui fait tressauter les épaules. La quinte n'en finit pas.

Allons bon ! J'attrape la carafe d'eau et le gobelet en étain qui trônent sur sa table de chevet. Je verse le liquide dans le récipient, je lui tends, ses doigts évitent les miens, se posent juste au-dessus, si proches que je sens leur chaleur se diffuser en moi. Un pan de son châle retombe et laisse entrevoir de délicieuses rondeurs sous le satin de sa chemisette.

Je déglutis tandis qu'elle boit une longue gorgée. Sa toux s'apaise et mes sens sont en feu.

— Voilà, dis-je pour rompre le silence. Vous avez tombée malade pendant votre sortie sous l'orage.

Je n'ai même plus envie de lui faire la morale. Elle opine, se retourne pour reposer le gobelet, offrant à ma vue ses mollets galbés et la dentelle du jupon qui masquent la naissance de ses cuisses. Électrisé par cette vision, je m'efforce de rester concentré sur les raisons de ma présence dans cette chambre.

— *Also*, dites-moi maintenant. Qu'est-ce que vous avez cherché dans la chambre ?

— Je… j'étais… curieuse. C'est de la curiosité.

Un bref instant, je me sens flatté dans mon orgueil mâle, mais hélas nous sommes dans des camps ennemis et je ne dois pas me laisser endormir par ses airs — peut être faussement — candides. Essaye-t-elle de me manipuler ? Je décide de la pousser dans ses retranchements.

— Est-ce que vous me croyez idiot ?

— Non !

— Hmm… D'accord. Parfait. *Also*, que voulez-vous savoir de moi ?

— Euh… eh bien… je suis curieuse de savoir… qui vous êtes. Je voulais seulement… me faire une idée… sur vous. C'était stupide.

Je ne peux m'empêcher de douter. Et si elle était sincère ? Pourrait-elle s'intéresser à moi ? Serait-ce improbable ? Peut-être que je vois le mal partout, à force de côtoyer le pire. Non, je dois garder le contrôle de cette situation. Si je veux une femme, j'en trouverai une, quitte à la payer pour m'assurer de sa neutralité. Il est hors de question de faiblir pour quelques tiraillements dans le ventre. L'esprit domine le corps, n'est-ce pas ?

Planté devant elle, je la domine d'une tête.

— Posez-moi vos questions directement dans ce cas. Je vous répondrai.

Elle bafouille :

— Eh bien, oui… d'accord.

— J'écoute.

Voilà, elle mentait, elle n'a aucune question ! La garce.

— Euh… alors… d'où venez-vous ?

— De Berlin.

Mon ton est froid, lapidaire.

— Ah. Et votre chauffeur ?

— De Bavière.

— Vous êtes amis ?

— Non.

— Vous n'avez pas d'amis ici ?

— Je n'ai que des collègues.

— Vos amis sont à Berlin, je suppose, et peut-être ailleurs… ?

— À Berlin ou ailleurs, oui. En Afrique du Nord. J'ai un ami très cher sur le front, là-bas.

— Et vous-même, êtes-vous allé en Afrique ?

— Non.

— Vous avez « traversé » beaucoup de pays ?

J'acquiesce.

En fait, je n'ai pas envie de développer ce sujet avec elle, mais j'ai traversé plus de frontières et vu plus de paysages que je ne l'aurais cru possible dans une vie entière. Nullement découragée par la brièveté de mes réponses, elle enchaîne :

— Et votre famille, vos parents, que font-ils, qui sont-ils ?

— Les hommes de ma famille portent l'uniforme. Ma mère est une pianiste renommée.

Elle a un sourire timide :

— Ah ! Je comprends. Vous avez donc eu une bonne professeure.

— Le travail fait tout, je vous l'ai dit. Répéter, répéter, répéter.

— Bof, c'est un peu barbant.

— *Was* ? … Barbe… Han ?

— Je veux dire, ennuyeux.

— L'effort n'est pas ennuyeux, la qualité se mérite.

Elle dodeline de la tête, n'osant pas me contredire.

— Est-ce que vous aussi vous étiez pianiste, avant… ?

— Avant la guerre ? Non. Je suis officier. C'est mon métier.

Elle paraît déçue. Plus de questions. La dynamique de notre échange s'est rompue. On entend ronfler Acker derrière la cloison.

— Êtes-vous satisfaite ? En savez-vous assez maintenant ? demandé-je avec une pointe de sarcasme.

L'air s'épaissit entre nous. Nous restons debout, face à face. Mes pieds sont ancrés dans le sol, mes yeux rivés aux siens et je n'arrive pas à me décider à couper court. Elle m'attire, c'est indéniable, et pourtant je sais qu'elle me ment. Toute femme qui s'intéresse vraiment à un homme au point de fouiller ses affaires l'aurait questionné sur sa situation personnelle. Si cette demoiselle disait vrai, elle m'aurait demandé si j'avais une fiancée ou une épouse… Son absence de question à ce sujet est révélatrice de ses motifs.

— Parfait. Vous savez tout. Vous n'avez donc plus aucune raison de vous introduire dans cette chambre. Est-ce clair, mademoiselle Delestre ?

Mon ton est froid, elle baisse le regard, non pas de manière contrite cependant, non, plutôt de façon… sensuelle. Elle laisse glisser son attention le long de ma joue, de mes lèvres, suit la ligne de ma mâchoire et plonge dans mon cou.

— Votre brûlure… qu'est-il arrivé ? murmure-t-elle.

Dégrisé, je comprends ; ma vareuse est ouverte, le col de ma chemise déboutonnée. L'étendue de ma brûlure est bien visible et ses boursouflures aussi. Je lui envoie une réponse glaciale.

— La guerre. C'est très laid et très désagréable.

— Ce n'est pas ça… je… j'imagine comme… enfin je sais que… je sais que c'est très douloureux.

— Ah. Vous savez.

— Je suis infirmière, j'ai étudié les effets de…

J'en ai assez entendu. Je ne veux pas de sa compassion. Je déteste qu'on s'apitoie sur moi.

Je la coupe sèchement :

— Étudier dans un livre et vivre dans la chair, c'est tout à fait différent.

— Oui sûrement. Je suis désolée. C'était maladroit.

Maladroit ? De pire en pire. Elle tortille les pans de son châle. Je dois reprendre le contrôle de cette discussion.

— Pour revenir à l'essentiel : ne rentrez plus dans la chambre que j'occupe. Vous pouvez être accusée d'espionnage. Si je suis les règles de procédure, je dois vous dénoncer. Il y aura des interrogatoires. Une enquête. Vous serez mise en prison, enfin de très mauvaises prisons. Ce n'est pas souhaitable. Est-ce que vous avez compris ?

— Oui… j'ai bien compris, murmure-t-elle piteusement.

— Parfait. Nous n'en parlons plus alors.

Je m'incline imperceptiblement pour la saluer.

— Bonne nuit.

— Euh… bonne… nuit à vous, lieutenant.

Allongé sur le dos, les yeux fixés sur l'obscurité, je laisse les questions se bousculer dans mon esprit. Moi qui pensais éclaircir la situation, je me retrouve noyé par un flux de suppositions, plus absurdes les unes que les autres au fur et à mesure que la nuit avance. Des quintes de toux traversent les cloisons. Le souvenir de sa silhouette moulée dans ses vêtements trempés ranime la fièvre qui s'est allumée en moi tout à l'heure, dans sa chambre. Je m'efforce de diriger mes pensées vers des sujets moins enthousiasmants. Je lutte contre moi-même, je peste, je me tourne, me retourne, le lit grince et mon obsession pour elle grandit. Je navigue dans un état intermédiaire entre rêve et migraine. Finalement la vision de son visage dressé vers ma fenêtre, cheveux trempés collés sur ses joues, me fait basculer dans un sommeil cotonneux qui finit par m'avaler.

CHAPITRE 10

Adèle

La sonnerie stridente du téléphone me tire du sommeil. Le temps que je me redresse dans mes oreillers, une cavalcade secoue l'escalier. Bondissant hors du lit, je colle mon oreille contre le battant. Des directives claquent à mes oreilles, une autre voix y répond avec vigueur. Je réprime une nouvelle quinte de toux pour essayer de comprendre ce qui se cause toute cette agitation. Le débit est vif. Les paroles du lieutenant n'ont rien de tendre. Quand il parle français, son rythme est traînant, sans doute parce qu'il cherche ses mots. Ce que j'entends là me montre une autre facette de cet homme. Il dicte ses ordres dans un allemand que je perçois comme rapide, expéditif. Le moteur de la berline rugit dans la cour. Visiblement c'est urgent. La toux me reprend ; je bois directement au goulot de la carafe tandis que le véhicule s'éloigne. Je me laisse choir sur mon lit. Que s'est-il passé ? Où est-il parti ? Je me dépêche de m'habiller et je descends l'escalier quatre à quatre tout en ramassant mes cheveux avec une barrette. Je m'écarte de justesse pour éviter de heurter Maman, qui monte vers moi. Je lui écrase les pieds.

— Ah tu ne peux pas faire attention !

— Désolée ! J'ai entendu du raffut et…

Je m'interromps, je n'ose pas poursuivre. Nous sommes arrêtées au milieu des marches, et la berline est partie. Ils ne sont plus là. Nous pouvons parler librement. Pourtant, depuis qu'ils ont envahi notre maison, nous ne sommes plus vraiment chez nous. Fouiller les affaires du lieutenant m'a mise assez mal à l'aise pour me faire passer l'envie de recommencer. Les chambres qu'ils occupent, lui et son subordonné, sont des espaces à part, qui ne nous appartiennent plus.

Maman triture son collier avec nervosité. Une ride se creuse entre ses sourcils.

— C'est moi qui ai décroché, me dit-elle. C'était la *Kommandantur*.

— Mais qu'est-ce qui peut les avoir mis dans cet état ? Je ne…

— Pour ce que m'a dit l'officier, les voies ont sauté.

Un attentat ! Voilà qui explique la fureur du lieutenant ! Maman me regarde sévèrement.

— Je préfère que tu n'ailles pas au cabinet cet après-midi. On ne sait jamais ce qui peut arriver quand les Allemands sont contrariés…

Je hoche la tête. Elle a raison. La tension doit être à son comble à la *Kommandantur* et le cabinet du médecin est tout proche du château occupé.

— Je vais appeler le docteur pour l'avertir.

— Non ! Après tout, tu ne sais pas. Il est peut-être impliqué. Imagine que… ça pourrait être suspect.

— Mais ça sera peut-être encore plus suspect que je change mes habitudes, non ?

Elle me fixe, en plein désarroi, les mains crispées sur son rang de perles, et elle tire dessus au point que j'en viens à me demander comment il peut être si résistant.

— Attendons de voir comment la matinée se passe. Si nous n'avons pas de nouvelles, tu iras. Mais tiens-toi à l'écart. Et si c'est dangereux, tu rentres.

Un poste de contrôle a été installé à l'entrée du village. Saisie d'appréhension, je m'arrête devant les barrières érigées en travers de la route principale. Je décline mon identité et la raison de ma venue aux deux soldats qui me scrutent d'un air soupçonneux. Ils examinent mes papiers d'identité, échangent quelques mots dans leur langue avant de me laisser passer. Je remonte en selle, je m'efforce de pédaler avec régularité. Une peur diffuse me tord le ventre. Des camions bâchés sont déployés devant l'église : ce sont eux certainement qui ont déversé dans les rues les patrouilles d'hommes casqués. Les fusils bringuebalent sur leurs épaules. Les bottes claquent. Les visages sont fermés, agressifs. Je les regarde de biais. Pas de haute silhouette en uniforme noir. Évidemment, le lieutenant n'est pas dans les rues. Que fait-il ? Est-il parti contrôler les voies ? Estimer les dégâts ? Sa voix résonne dans ma tête. Une voix aussi changeante que sa personnalité. Force et sensibilité, brutalité et finesse cohabitent en lui. Son sourire est subtil, son regard métallique. Il paraît accessible, presque humain, et puis l'instant suivant, un masque inflexible fige ses traits. Une fraction de seconde suffit à le transformer, à le faire devenir plus froid que la pierre. Le regard indéchiffrable, les lèvres pincées… Avec cet air-là, il devient tout autre. Je le sais, ses mains ne sont pas seulement destinées à contenter des oreilles mélomanes. Non. Ce sont des mains véloces, des mains de prédateur, faites pour la guerre, des mains destinées à saisir la crosse de cette arme qui pèse sur sa cuisse, à contraindre, à dispenser la mort. Ses mains sont-elles seulement capables de caresses ? Je fronce les sourcils, honteuse de cette dérive absurde. D'ailleurs, pourquoi est-ce que je pense à lui, à son visage et à ses mains ? Cet officier est un militaire ennemi. Un indésirable. Je le déteste.

La porte du cabinet médical me résiste. Agacée, je toque. Pas de réponse. J'insiste, j'appelle. Finalement le docteur passe sa tête par la fenêtre de l'étage. Son regard incrédule roule sur la rue puis s'arrête sur moi. Il a un mouvement de recul, puis fronce les sourcils d'une manière paternaliste.

— Mais que faites-vous ici ! gronde-t-il. N'êtes-vous pas au courant ? La nuit passée, il y a eu du grabuge. Allez, filez… ne traînez pas dehors ! Rentrez chez vous !

Sa main m'ordonne de déguerpir et dans un claquement sec, la fenêtre se referme. Ma peur monte d'un cran. Est-ce que je me suis jetée dans la gueule du loup ? Les mains collées à mon guidon, je pousse mon vélo en cogitant sans discontinuer. Est-ce que les Allemands pourraient envisager des représailles aveugles ? Prendre des otages parmi les civils ? Toutes sortes de perspectives effrayantes m'envahissent l'esprit. Les roues de ma bicyclette chuintent dans le silence. Les rares passants sont pressés. Un garçon détale devant moi. Malgré la chaleur poisseuse, portes et fenêtres restent closes ; des coins de rideaux frémissent à mon passage. Je dois sortir de cette nasse. Mais choisir la route principale me fera à nouveau passer le poste de contrôle… Je m'y refuse. Peut-être qu'en longeant le chemin de halage, j'éviterai les soldats ? Les mains moites, je remonte en selle. J'approche de la *Kommandantur*. Mon cœur cogne contre mes côtes. Je dois garder une allure raisonnable, contrôler la pression de mes pieds sur les pédales, ne pas donner l'impression que je veux fuir. J'ai l'horrible sensation de faire du sur-place. Sur ma gauche, l'effervescence du poste de commandement témoigne de la nervosité des Allemands. Devant les guérites qui balisent l'entrée, des sentinelles bloquent l'accès à la cour sablonneuse ; deux tractions noires sont garées au pied du double escalier de pierre qui dessert l'entrée du château et une nuée de casques s'agite sous les ordres d'un homme gesticulant.

Je me tords le cou pour apercevoir… apercevoir quoi ? Ou plutôt qui ? Le lieutenant ? Il n'est pas là. Les interjections criées en allemand me fouettent le sang. Je donne un coup de pédale et mon vélo file en roue libre dans la descente. Je bifurque. Je veux m'éloigner. Le plus loin possible. Au bout de la ruelle, j'enfile une allée sableuse qui longe la Loire. Les eaux scintillantes se détachent contre la verdure des arbres. Le tableau est bucolique. Je ne me sens pas en sécurité pour autant. Mon vélo cahote sur les pierres, des vibrations se répercutent dans mes mâchoires. J'accélère encore. Je veux rentrer chez moi. Verrouiller ma porte, fermer mes yeux, me boucher les oreilles. Me fermer à cette violence.

Quelqu'un me hèle. Je freine brusquement pour jeter un coup d'œil par-dessus mon épaule. C'est un cycliste. Un civil. Je décide de l'attendre, un pied sur la pédale, prête à repartir. Je reconnais ses traits : hirsute, écarlate, Pierrot Laforges me rejoint. Dans son large cou de taureau, sa jugulaire palpite furieusement.

— T'es sourde ou quoi ?

Il me dépasse et m'ordonne de le suivre. Ce à quoi je n'obéis pas. Il s'arrête et se fâche :

— Grouille ! s'écrie-t-il. Suis-moi. Dépêche.

Hébétée, je n'arrive pas à réagir. Il insiste :

— J'ai besoin de toi ! Vite. Je t'attendais pour ta permanence.

— Quoi ?

— Je te faisais guetter, explique-t-il avec humeur. Un gamin m'a prévenu que t'étais passée chez le docteur. Mais c'est pas le moment de causer, bordel ! En selle, bouge ton cul !

Je ne fais même pas attention à sa grossièreté. Je reste bloquée sur le sens de sa phrase.

Il a envoyé un gamin pour me surveiller ?

Il me fait suivre ?

Pour qui se prend-il ?

Je refuse d'entrer encore une fois dans son jeu malsain.

— Ça suffit Pierrot, laisse-moi tranquille ! Si c'est pour ta demande de la dernière fois, j'ai fait ce que tu voulais et je n'ai rien trouvé. L'Allemand, il ne laisse aucun papier à la maison.

— Bon sang ! Rien à voir. Mon frère se vide de son sang. C'est un éclat de ferraille qui lui a pété dans l'épaule. Il faut que tu lui répares cette saleté.

Je tombe des nues. Un éclat de ferraille ? Qu'est-ce que c'est que cette histoire ?

— Comment est-ce qu'il s'est blessé ?

— À ton avis ? Bordel ! On a fait sauter la voie cette nuit et y a eu un couac.

Un couac ? Il veut dire une blessure ouverte ? Ma gorge est si serrée qu'elle étrangle ma réponse.

— Alors, quoi ? Tu vas le laisser mourir ? me crache-t-il, avec une agressivité qui cache mal son angoisse.

Je ne suis pas médecin, encore moins chirurgien… mais je me sens obligée d'intervenir. Je ne réponds pas : je remonte sur mon vélo.

Pierrot a compris, je vais l'aider. Il s'élance devant moi et je le suis. Il coupe à travers des petits chemins terreux ; ceux-ci sont ravinés, bosselés à souhait et nous sommes obligés de mettre pied à terre.

J'essaye de me rassurer : les Allemands ne connaissent pas ces voies forestières envahies de ronces et de fougères. Je saute par-dessus un large fossé, Pierrot tire ma bicyclette dans les eaux boueuses. Nous nous enfonçons dans l'ombre humide d'un bois. Il n'y a plus de sentier. Nous progressons dans un enchevêtrement de fourrés épineux parsemés d'arbustes. Des herbes folles me griffent les chevilles. Mon vélo est lourd à traîner, les pédales se prennent dans la végétation, et je dois les libérer tout en esquivant les branches basses qui s'agrippent à mes vêtements et à mes cheveux. La progression est lente. Nous contournons une mare croupie qui précède une futaie de chênes. Les hautes cimes s'élancent vers le ciel bleu. Mon corps avance, mécaniquement, pas après pas.

La ferme des Laforges se dessine à l'orée du bois, au-delà d'un petit pré où paissent une dizaine de vaches. La cour est coincée entre les quatre bâtiments qui forment le corps de ferme. Tout paraît paisible, mais je lis de la méfiance dans le regard de Pierrot.

— Les boches n’ont pas l’air d’être dans le coin, me souffle-t-il, mais on est jamais trop prudents.

À son signal, je me baisse. Nous utilisons les vaches pour nous dissimuler et traverser le pré. La cour est silencieuse.

— C’est bon, ça va, grogne Pierrot qui se redresse. J’avais dit aux parents de mettre le pot à lait devant la porte en signe de sécurité. Et il y est toujours.

Je décide de lui faire confiance. Ai-je le choix à présent ? À notre passage, un épagneul jappe. Pierrot lui flatte la tête et cale le pot à lait sous son bras. Nous entrons. Les parents Laforges nous accueillent en silence. Le père se frotte la barbe, la mère se tord les mains dans son tablier, et il y a dans leurs regards une attente, un espoir qui me mettent mal à l’aise.

Et si je ne pouvais rien faire pour leur fils ? Dans la pièce voisine, René est affalé sur un lit défait, la chemise gorgée de sang, le teint blafard.

— On a pas touché, on sait pas quoi faire. Il braille dès qu’on lui pose la main dessus, m’explique la mère.

— Fais au plus vite, me presse Pierrot qui se poste à la fenêtre. On est pas à l’abri que les boches viennent fouiner ici.

J’écarte un pan de chemise déchirée. Mon geste déclenche un hurlement animal qui me glace. Un magma de chair et de sang s’étire de l’épaule jusqu’au flanc. La blessure est profonde.

— C’est sérieux…

La mère et le père se consultent du regard. Leurs mines inquiètes se répondent en miroir.

—Putain, t’es infirmière oui ou merde ! s’emporte Pierrot, qui cogne du poing dans le mur.

— Attends, laisse-moi réfléchir je…

— Soigne-le ! Tout de suite ou je te bute !

— Ne me menace pas ! C’est pas comme ça que je vais y arriver !

J'ai hurlé plus que lui. Il trépigne et me lance un regard noir. Je dois rassembler mes esprits, chasser cette peur affreuse qui me donne la nausée… Je m'efforce de faire le vide en moi. De rassembler mes esprits. C'est une plaie ouverte. J'en ai vu d'autres. Je dois nettoyer. Retirer les corps étrangers. Désinfecter. Panser. Je me tourne vers la mère du blessé :

— Il me faut de l'eau bouillante. Des compresses ou des tissus propres. Un couteau affûté et des aiguilles, le tout chauffé à blanc, du fil. Et je dois me laver les mains.

Elle acquiesce.

— Je ramène ça. Pour les mains, ce sera à la pompe. Dans la cour.

Mes mains propres ne le restent pas longtemps. Je coupe les lambeaux ensanglantés de la chemise, mes doigts se poissent de sang. Je verse de l'eau froide sur la plaie. J'examine. René serre les dents et frissonne, il geint, grogne, halète, il est proche de l'évanouissement. Ce serait mieux pour lui qu'il perde conscience, vu ce que j'ai à accomplir. Sa blessure est moche. Les éclats doivent être logés là, quelque part à l'entrée de l'épaule, coincés dans cette masse de chair, de sang et d'os broyés. La perte de sang semble stable, l'artère n'est pas touchée.

— Tenez-le. Mettez-y toutes vos forces.

Je nettoie la plaie avec les bandes de tissus bouillis et répands de l'alcool sur la chair meurtrie. René hurle comme un damné et se cabre. Ses cris ne me déconcentrent pas.

J'avance la pointe du couteau à peine refroidie dans sa plaie, et je fouille avec précaution. Je les vois. Il y en a trois. Trois éclats de métal. Un à un, je les extrais, avant de désinfecter à nouveau, puis de recoudre et d'enrouler un bandage improvisé autour de l'épaule.

Combien de temps a duré cette opération ? Je ne saurais le dire. Je suis épuisée. Mes mains se mettent à trembler. Des mèches de cheveux tombent devant mes yeux.

Sans un mot, Pierrot me tend une flasque d'eau-de-vie, j'en bois une lampée au goulot. Le liquide me brûle la trachée, je tousse et la chaleur se diffuse dans mes veines.

René, quant à lui, s'est évanoui. À quel moment ? Je ne saurais le dire. Un grand silence tombe dans la pièce.

— Il va s'en sortir ? questionne le père tandis que la mère nettoie toutes les souillures et ramasse les ustensiles.

— Si ça ne s'infecte pas, oui, sans doute…

— Et je suppose que je devrais te remercier, marmonne Pierrot qui me raccompagne vers la cour.

Je ne dis rien. Je suis assommée, dépassée par la situation.

— Laisse tomber, dis-je.

— René n'est pas transportable, hein ?

— Non. Il faut qu'il reste au repos. Qu'il boive. Surveille sa fièvre. Et puis il faut espérer que vous n'ayez pas semé d'indices derrière vous. Que des amis à vous ne se sont pas fait attraper.

— C'est pas ton affaire. Et pour le boche ? T'as vraiment rien trouvé quelque chose dans les affaires de ce salopard ?

— Rien. Je te l'ai dit.

Il pointe un index vers moi.

— Tu devrais le questionner l'air de rien. À voir ce qu'ils ont comme éléments… histoire d'être sûrs qu'ils remontent pas jusqu'à nous.

— L'air de rien ? Tu plaisantes ?

— Non pourquoi ? Une petite contribution c'est trop te demander ?

— Il me semble que je viens déjà de contribuer. Je… je suis fatiguée et je veux rentrer chez moi maintenant.

— Je te retiens pas. Mais penses-y. À ce que je t'ai demandé.

La route défile sous mes pneus. Je franchis le portail. La berline n'est pas dans la cour. *Ils* ne sont pas encore rentrés. Je ne vais pas les croiser, pas tout de suite. Soulagée, je pousse la porte de l'arrière-cuisine. Maman ouvre des yeux effarés en me voyant ainsi, décoiffée, la jupe déchirée, souillée de traces de sang. Elle se précipite vers moi, mais n'ose pas me toucher. Je dois être sacrément sale.

— Doux Jésus ! Mais… où étais-tu ? Je me suis fait un sang d'encre ! J'ai tout de suite regretté de t'avoir laissé y aller… Qu'est-ce que… je suis folle de t'avoir laissé partir, avec cette histoire d'attentat !

— Je suis tombée à vélo, j'ai roulé dans un fossé d'orties. Je vais bien. Je dois juste me laver, me changer. Tout va bien, répété-je pour la tranquilliser.

Les yeux baissés pour dissimuler mon agitation, je quitte la pièce. J'avale quatre à quatre les marches de l'escalier. Ouvrant les battants de mon armoire en grand, je choisis des vêtements propres et je m'enferme dans la salle de bain.

À peine ai-je le temps de me dévêtir que j'entends un grattement à la porte :

— Adèle, est-ce que tout va vraiment bien ?

— Oui maman. Juste besoin de me laver.

— Tu as esquinté ton vélo ? En tombant ?

— Non.

— Ah.

Après une ou deux secondes de silence, je l'entends qui s'éloigne.

Assise dans la baignoire qui se remplit d'eau, un gant de toilette en main, je frotte le sang qui a séché sur mes avant-bras et sous mes ongles. Je nettoie les égratignures qui griffent mes mollets. J'ai l'impression d'avoir été battue ; mon dos est courbaturé, mes muscles tendus. Jamais je ne me suis sentie si harassée. L'eau jaillit du robinet et des larmes roulent sur mes joues sans que je puisse les retenir.

CHAPITRE 11

Heinz

Fréderic Hilm, chef de la Gestapo sur le secteur, s'agite sur la chaise qui me fait face. Voilà trois jours que je le supporte du matin au soir. Des journées entières à compulser lettres de dénonciation et dossiers, afin d'établir le profil de tous les hommes du village. Des soirées au café du commerce, à boire de la bière et manger des plats en sauce en sa compagnie, comme l'exige la politesse entre gradés. J'ai hâte que cette affaire soit réglée et qu'il disparaisse de ma vue ; j'imagine d'ailleurs que c'est réciproque.

Encore une fois, il passe sa main dans ses cheveux gras, remonte ses lunettes sur son nez, tire sur les manches de son veston sombre. Toujours les mêmes tics.

— Trois jours et… rien ! éructe-t-il. Ces salopards sont toujours en liberté ! Il y a fort à parier qu'ils préparent une nouvelle attaque ! Donnons l'ordre maintenant !

— Non.

— Quoi ? Comment ça « non » ? Il serait complètement ab…

— Non. Pas d'otages sous mon commandement. Je n'apprécie pas ces méthodes, le coupé-je froidement.

— Ces méthodes font pourtant leurs preuves lieutenant !

— Je n'en suis pas convaincu Hilm.

— Bon sang, mais quand est-ce que vous allez vous décider à appliquer les directives ? Elles sont pourtant claires !

— Les directives sont effectivement très claires en cas d'assassinat. Mais en ce cas présent, il s'agit de sabotage.

— Le quatrième en six mois.

— Le premier depuis mon arrivée.

— Comme quoi votre présence n'a pas suffi à ramener l'ordre dans cette campagne. Vous ne prenez pas la mesure de…

— Je prends toute la mesure du problème, au contraire. Il n'y a pas eu mort d'homme. Ce sont des amateurs. Leur coup était mal préparé, et sans grandes conséquences. L'équipe d'entretien des voies a tout remis en ordre en moins d'une journée.

— Bon Dieu ! Vous persistez dans votre indulgence ! C'est de la lâcheté. J'en référerai en haut lieu !

— Eh bien, faites donc. Ma décision est prise. Pas d'exécution d'otages pour un vulgaire sabotage raté.

Hilm tressaute sur sa chaise, comme secoué par des ressorts de rage.

Je reste de marbre face à son agitation, et je lui concède un rictus méprisant, ce qui achève de le mettre hors de lui.

— C'est vous le saboteur lieutenant Siber : vous sabotez les ordres du *Führer* ! À force de complaisance avec les terroristes… Oui, ce sont les gens comme vous qui sapez les bases du régime ! Vous encouragez les scélérats dans leur entreprise de destruction ! Vous êtes indigne de représenter notre grand peuple !

Hilm vocifère, il ne se contient plus. Excédé, je cogne du poing sur la table.

— Suffit ! Le pouvoir ne donne pas tous les droits ; je ne veux pas de simulacre de justice. La répression ne doit être ni illégitime ni contre-productive. Exécuter des innocents au hasard n'apportera rien de bon. Nous identifierons les coupables et nous les arrêterons. Cet acte ne se reproduira plus. Et il ne restera pas impuni, je vous le garantis.

— Vous le garantissez ? Et comment ? Vous avez une piste peut-être ?

— Pas directement, mais tout finit par se savoir dans ces villages. Ce n'est qu'une question de temps.

— De temps ! s'écrie Hilm. De temps ! Quelle connerie ! Au-dessus de vous, votre commandement veut des résultats. J'ai déjà rencontré le capitaine Schroden, il sera mis au courant de votre mollesse. Vous irez passer l'hiver en Russie et, au vu de vos « méthodes », vous n'y ferez pas long feu !

Soulevé par un tourbillon de colère, je me redresse subitement. Ma haute taille domine l'homme en noir qui se ratatine sur sa chaise.

— Figurez-vous que je connais le front russe. Je vous l'accorde, c'est inhospitalier. Cependant, cet endroit a le grand avantage de ne pas être fréquenté par les rats de votre espèce… et c'est ce qui le rend, à vrai dire, tout à fait supportable.

— Les rats ! Comment osez-vous ?

Je le fusille du regard, contenant à grande peine mon envie de violence.

Il m'observe, à mi-chemin entre peur et courroux, il se fait mielleux :

— Parfait, puisque le front Est est supportable… vous ne vous plaindrez pas d'y retourner en ce cas, lieutenant.

— Bien évidemment que non. Quel soldat se plaindrait de servir son pays ?

Il se tait. Une énième fois, il tire sur les manches de son veston, remonte ses lunettes sur son nez. Je crois que je vais lui écraser mon poing sur sa face de fouine. J'inspire un grand coup pour contrôler mes nerfs et lui lance d'un ton faussement pédagogue :

— Écoutez Hilm, nos hiérarchies respectives nous contraignent à travailler ensemble. Mais j'ai besoin de réfléchir et vous avoir toujours dans mes pattes n'est pas très… inspirant. Alors faites un rapport au capitaine Schroden si bon vous semble. Cela occupera votre temps. Nous ferons un point quand je l'aurai décidé. En attendant, je ne vous retiens pas.

Mécontent d'être congédié de la sorte, le chef local de la Gestapo se redresse à son tour, mais sa carrure est bien différente de la mienne. Voûté, de petite taille, il est obligé de lever le menton pour me tenir tête. Il s'obstine à me jeter un regard agressif.

— Comme vous voulez lieutenant, cède-t-il. Mais sachez que je ne quitterai pas ce village sans que le coupable ait été puni.

Il claque la porte. Je me rassois avec humeur. Ma secrétaire a assisté à la scène, retranchée derrière sa machine à écrire. Elle ne pipe mot. Hilm sait impressionner son monde, c'est son principal atout : inspirer la terreur. Mais ça ne marche pas avec moi. Je ne supporte plus ces imbéciles de gestapistes. Un ramassis de brutes et de sadiques. Hilm en est un parfait exemple. Croyait-il me faire plier, avec ses menaces de renvoi au front ? Je ne cède jamais aux menaces. Et plus que tout, je déteste les sanctions illégitimes. Il n'y aura pas d'exécution d'otages. Ce serait inique et disproportionné. Dangereux aussi. Se montrer injuste allumera un désir de vengeance dans la population locale, qui est encore neutre et passive en grande majorité. Certains nous haïssent ou nous craignent, mais peu agissent. Je ne veux pas augmenter les rangs des partisans qui, pour l'heure, ne me semblent ni nombreux, ni très doués. Que sont ces sabotages sans grande ampleur, sinon des provocations ?

Mais je le sais, Hilm ne partira pas sans coupable. À l'heure qu'il est, il doit être en train d'écrire à Schroden et peut-être de préparer des listes. Devrais-je relire les courriers de dénonciation ? Il y a peut-être du vrai dans ce déversoir de haine.

J'épluche les lettres les plus récentes, celles qui se trouvent encore dans ma corbeille ainsi que les rares lettres suffisamment sérieuses pour avoir été archivées.

Cette lecture indigeste me ramène à l'évidence : les auteurs de ces torchons ne font que régler des comptes personnels sans rien révéler de probant.

Pourtant je devine que Hilm ne me dit pas tout, qu'il en sait certainement davantage qu'il ne veut bien le dire. Le gestapiste garde bon nombre d'informations pour lui seul, et ce pour plusieurs raisons, toutes plus méprisables les unes que les autres. Il veut une exécution d'otages, pour terroriser la population et assouvir sa soif de sang. Il craint aussi que ses informateurs ne soient démasqués trop tôt. Il veut infiltrer plus en profondeur les réseaux pour, le jour de leur chute, obtenir l'avancement qu'il attend et dont il ne cesse de parler, à savoir sa mutation pour Berlin, au siège de la police secrète. La cruauté paie en temps de guerre.

Une cigarette aux lèvres, je palpe mes poches et attrape mon briquet. J'actionne le mécanisme, la flamme embrase le tabac. Je tire quelques bouffées. À travers la fumée que j'exhale, j'examine les cartes épinglées au mur.

Ai-je été trop laxiste ?

D'une main, j'ouvre le tiroir de mon bureau pour vérifier le plan cadastral. Je liste les propriétés situées à flanc de colline et en lisière de bois, celles qui se trouvent dans un rayon proche, moins de vingt kilomètres à vol d'oiseau. Le jour de l'attentat, j'ai donné des consignes pour inspecter les champs jouxtant les voies, mais j'aurais sans doute dû étendre les fouilles. Cependant, je répugne à impliquer des civils. Je n'ai pas envie de mener une chasse à l'homme et de faire couler le sang pour deux rails tordus. Avec un soupir, j'écrase mon mégot au fond du cendrier.

Je maudis ce poste qui m'accule à des choix cornéliens, qui peuvent faire de moi un assassin, ce que jamais encore je n'ai eu le sentiment d'être.

Bien sûr, je suis un meurtrier.

Des vies, j'en ai arraché sans compter. Mais pour ma défense, j'ai tué sans préméditation, pris dans la frénésie des combats. Je tue parce que je suis prêt à mourir moi aussi. C'est un jeu équitable, où chacun des participants met une vie dans la balance et qui ne connaît qu'une seule règle : le risque de mourir donne le droit de tuer.

CHAPITRE 12

Adèle

Trois jours se sont écoulés depuis l'attentat. Personne n'a été arrêté. Je ne suis pas retournée à Saint-Liboire, Marthe fait nos commissions et nous rapporte les nouvelles. La soldatesque patrouille de jour comme de nuit dans les rues du village et autour des voies ferrées. Une unité de la Gestapo serait également présente, en renfort. La suite, qui ne pourra être que dramatique, se fait attendre.

Quant au lieutenant, il part à l'aube et rentre tard. Je pensais que cette absence me soulagerait, mais c'est l'inverse qui se produit. Dans l'obscurité de ma chambre, je guette le moteur de la berline. J'écoute ses volets se refermer. Son lit grincer. C'est devenu mon petit rituel. Ridicule. Parfois la nuit, il cauchemarde, et je l'entends se débattre avec les draps. Puis, il ouvre un volet. J'imagine qu'il fume avant de se rendormir.

Ce troisième soir, il ne monte pas l'escalier. J'entends seulement les pas lourds de son chauffeur qui va rejoindre sa chambre. Puis rien. Intriguée, je me redresse sur mes oreillers. Il n'est pas rentré ? Une musique me répond. La mélodie, d'une tristesse infinie, s'élève dans le silence. Je devrais trouver cela scandaleux. Il est très tard, il fait nuit noire. Est-ce une heure pour jouer du piano chez les gens ? Mais je suis envoûtée. Et puis, maman dort, assommée par les somnifères qui lui permettent d'oublier. J'écoute cette rumeur nostalgique qui semble aussi incertaine qu'un songe, qui me prend et me transporte. J'entrouvre ma porte. Je descends l'escalier, guidée vers cette source intarissable. Les notes cascadent et dégringolent en moi. Cette partie de la sonate est presque joyeuse. Éclairé par la lumière feutrée d'une lampe frangée de soie, il a senti ma présence, mais il ne s'interrompt pas. Il me laisse approcher. Ses mains courent avec aisance et me procurent une sensation de suffocation. J'observe ses poignets noueux, et puis évidemment le reste de sa personne. Sa veste noire qui se croise sur une chemise grise, son col boutonné, sa cravate nouée, le lourd ceinturon de cuir qui soutient un pistolet à la crosse luisante. L'uniforme se fissure sous mes yeux ; je perçois l'humain qui se cache sous cet attirail menaçant. La sonate le révèle. Le dernier mouvement est rapide, accentué, un déchaînement tumultueux ; j'ai le souffle court. Je viens d'entendre pour la première fois cette *Sonate au clair de lune*. La partition est là, disposée sur le pupitre, sous mes yeux. Je l'ai travaillée ce matin. Pourtant ce morceau, celui que je viens d'entendre, est tout autre. Le lieutenant accroche mon regard.

— Pardon. Je vous ai réveillée. Mais ce piano… Je me retiens de jouer à chaque fois que je rentre ici.

Je ne suis pas dupe. Il ne s'excuse pas vraiment. Je secoue la tête.

— Non, je ne dormais pas.

— Il est tard cependant.

— Vous travaillez tard… et…

— Et… ?

Je ne réponds pas. Il pince ses lèvres et me scrute avec intensité, comme s'il cherchait à percer mes intentions ; mais je ne sais pas moi-même ce qui se dissimule derrière mes mots. Je me sens confuse.

Il me sourit à peine, puis tapote le velours élimé de la banquette sur laquelle il est assis. Je prends place sur le banc, le plus loin possible de lui. Une tension nous enveloppe.

— Est-ce que vous voulez reprendre ce morceau avec moi ? Le premier mouvement est conçu comme une marche funèbre. Il doit être exécuté de façon marquée, mais également avec beaucoup de délicatesse. Sans utiliser la pédale. Essayez.

Depuis combien de temps ? Combien de fois ai-je repris ce mouvement ? Il me prodigue des conseils, à voix basse, et j'exécute. C'est étonnant comme la musique peut créer une complicité, comme les mots peuvent être inutiles. Je sens que je communique avec lui par la voie la plus simple, la plus naturelle possible. J'oublie ce qu'il représente, parce qu'il ne représente plus rien d'autre que lui-même à ce moment-là. C'est un excellent professeur ; il est exigeant, mais d'une patience remarquable. L'horloge sonne ; et nous rappelle l'heure tardive.

— C'est assez, décide-t-il. Bonne progression. Nous essayerons une autre fois.

Il se masse le front d'une main, et je perçois sa fatigue. C'est étrange d'être assis si proches, dans le silence revenu. Je voudrais le questionner, mais je n'ose pas. Je me contente de lui adresser un sourire timide.

— Adèle…

C'est la première fois qu'il prononce mon prénom et mon cœur manque un battement.

— Oui…

— Vous devriez dormir maintenant.

— Vous aussi, dis-je.

Son regard assombri erre sur mes lèvres. Ses mains attrapent ma nuque. Je sais ce qu'il va faire, et je ne veux pas me défendre. Au contraire. Je soutiens son regard. Lentement, il se penche vers moi. Son souffle tiède se mêle au mien. Ses lèvres se posent sur les miennes. Il me donne un baiser tendre, puis comme je lui réponds en faisant de même, il m'embrasse avec fougue, il me mordille, m'aspire, s'enfonce entre mes lèvres tout en resserrant son emprise sur ma nuque. Je me noie dans sa chaleur, j'en veux davantage, mais je sais que ce serait une erreur. C'est déjà une erreur. Je le repousse, haletante. Son regard flamboyant me dévore. Jamais je n'ai connu une telle fièvre.

— Je ne peux pas… je… vous êtes…

Il me relâche. Je me redresse maladroitement. Il fait de même. Nous voilà debout, presque l'un contre l'autre, à quelques millimètres de nous toucher. Entre nos deux corps, l'alchimie est parfaite. Je le sens.

Mais je ne peux pas aller aussi loin. Il décale la banquette pour me laisser de l'espace.

— Je sais. Je sais.

Sa voix est empreinte d'une tonalité rauque qui me donne des frissons.

— Merci pour la leçon, balbutié-je.

— De piano ?

Son humour m'arrache un demi-sourire, qu'il me rend avec tristesse.

— Ainsi va la guerre. Ce serait inconfortable de se rapprocher, n'est-ce pas ? Il faut être raisonnable. C'est mieux.

J'acquiesce, mais je me mords les lèvres. Je brûle d'envie. J'ai besoin qu'il m'embrasse encore. Il le devine, je le sens, je le sais, je vois cette étincelle dans son regard. Il me prend le visage à deux mains, je lui tends mes lèvres. Il les effleure. Me murmure quelque chose en allemand. M'embrasse encore, profondément. Il m'incendie toute entière.

— Non. Il faut être raisonnable, chuchote-t-il. Votre leçon est terminée.

Il ôte ses mains de mes joues pour me libérer. Je chancèle, les jambes cotonneuses. Un son discordant me fait aussitôt retirer la main que j'avais appuyée sur le clavier. Je rabats nerveusement le couvercle.

Sur le seuil, il s'incline pour me saluer, le buste et le cou toujours un peu raide à cause de la cicatrice qui limite ses mouvements, et il disparaît dans l'obscurité du couloir. Puis je l'entends revenir. Il s'appuie au chambranle de la porte :

— J'ai oublié que demain, il est nécessaire de rester ici. Pas de sortie. C'est compris ?

Son air soucieux me dégrise.

— Pourquoi ?

— Parce que je vous le demande. C'est important.

— Mais… que va-t-il se passer demain ?

Sa mâchoire se crispe. Il paraît lutter contre lui-même. Une ride vient barrer son front.

— Je vous dis seulement de ne pas sortir de cette propriété Adèle. Vous devez juste obéir.

— Obéir !

— Oui. Obéissez.

— Pourquoi ?

— Pour moi.

Je hoche la tête. Un tourbillon de questions m'assaille. Que va-t-il se passer demain ? Je dois prévenir les frères Laforges et leurs parents. Mais comment faire ? Une question m'échappe, et à l'instant où elle franchit mes lèvres, je me maudis de l'avoir posée.

— Est-ce que ça a à voir avec les attentats et la venue de la Gestapo ?

— Je ne peux pas vous répondre. Je veux juste que vous restiez là demain, dans cette maison. Je pense que je ne commets pas d'erreur en vous disant ces mots. Non ?

J'ai du mal à soutenir son regard. Sait-il que je suis impliquée ? Est-ce qu'il veut me piéger ? Pour la deuxième fois, je hoche la tête. Je ne veux pas lui mentir, mais je ne peux pas lui dire la vérité. Il semble si préoccupé tout d'un coup. Je ne comprends plus.

Ce sont les derniers mots qu'il m'a adressés cette nuit-là. Son avertissement raisonne dans ma tête tandis que je m'efforce de faire le point. Mes tempes battent la mesure. Je ne dors pas. Je repense à nos baisers, à son étreinte, à ces sensations qu'il a allumées dans mon ventre. Je l'entends me demander d'obéir. Je ne veux pas le trahir. Je ne veux pas non plus ignorer ses propos. Je ne peux pas laisser faire. Je ne sais pas quoi faire. Bien avant l'aube, les deux Allemands se lèvent. Ils ne sont pas discrets. La berline rugit. Je m'habille. Quand je suis certaine que la voiture s'est éloignée, je descends au rez-de-chaussée. Ils ont laissé la porte du vestibule déverrouillée. À tâtons, je retrouve ma bicyclette calée contre le cerisier, là où je l'avais laissée. Je l'enfourche et je file dans la nuit, droit vers la ferme des Laforges. La peur me donne des ailes.

CHAPITRE 13

Heinz

Est-ce que j'ai bien fait de l'avertir ? Est-ce qu'elle va m'obéir ? J'aurais mieux fait de me taire. Le regard perdu dans la nuit, bercé par le moteur de la berline, je pince les lèvres pour retenir l'ordre qui me taraude. Faire demi-tour. Garer la berline juste après la haie de laurier. En avoir le cœur net. Mais si elle sort à cette heure, malgré mon ordre, je saurai ce que cela signifie et… je devrai agir en conséquence.

Je me tais, incapable d'imaginer lui nuire, et nous nous éloignons.

Des lueurs grises percent le ciel comme nous montons vers la *Kommandantur*. L'opération va bientôt commencer. Dans la cour, c'est l'effervescence. Les maîtres-chiens peinent à retenir leurs molosses, tandis que les fantassins sautent dans les camions. Hilm est sur des charbons ardents. Il frétille à côté de ma voiture alors que le moteur ronronne encore : j'abaisse ma vitre et je sors la tête. Le voilà qui fourrage ses cheveux gras pour m'expliquer qu'il a pu joindre le capitaine Schroden au téléphone et que celui-ci ordonne de faire fouiller fermes et granges dans un large périmètre. Nous avons ordre de réquisitionner le bétail, de chercher des partisans, et si on n'en trouve pas, d'arrêter quelques jeunes gens au hasard pour les faire parler. Il faut des coupables. Tout ça, je le sais déjà. Le capitaine m'a téléphoné hier avant que je quitte mon bureau pour tout m'expliquer dans les détails. J'ai essayé de lui soumettre un autre plan ; j'envisageais un piège : une annonce factice de transport d'armes, dans le but de déclencher une action des partisans et cette fois ils ne nous auraient pas échappé. Mais le capitaine Shroden veut des résultats aujourd'hui. Sa hiérarchie le presse. Les sabotages nuisent à notre économie et à notre image. Je laisse Hilm palabrer et se satisfaire de son avance imaginaire ; j'ai d'autres problèmes en tête. Je n'aime pas ce qu'on me demande de faire, et pourtant je vais le faire. Parce que j'obéis aux ordres.

La météo se dégrade. Une pluie drue tombe sur la campagne et tambourine sur la carrosserie. Devant nous, les camions soulèvent des gerbes d'eau boueuse. Acker actionne les essuie-glaces à pleine vitesse. Les fossés débordent sur le rebord de la route, créant çà et là, de larges flaques jaunâtres. Les unes après les autres, nous investissons les cours de fermes, moteurs vrombissants. Les chiens jappent et grognent, les soldats sautent depuis les hayons et se déploient dans les granges, les étables et les logis. La pluie ruisselle le long des casques et des capotes qui luisent dans la lumière blafarde du matin. Notre récolte n'est pas glorieuse ; nous ne trouvons que des fermiers apeurés et des enfants qui se cachent contre leurs mères. Je ne vois pas l'intérêt stratégique d'une telle opération, qui ne va nous apporter qu'un regain de haine. Mais Hilm s'acharne, de la crosse de son pistolet, il cogne sur les têtes, bouscule, tabasse, ordonne d'embarquer ceux qui protestent dans nos fourgons, avec leur bétail.

Nous ramenons une dizaine d'hommes à la *Kommandantur*. Ils sont enfermés, en vue d'être interrogés un par un par Hilm et ses sbires. Je sais ce qui va se passer. Torturer des civils au hasard me révolte ; et pourtant je ne peux rien pour ces gens. Accoudé à la balustrade, je fume cigarette sur cigarette. La nicotine n'a aucun effet sur moi aujourd'hui. Je retourne à mon bureau, j'abats machinalement du travail administratif.

Plus tard, alors que l'intendant me liste les prises de bétail, d'horribles cris montent des sous-sols du château. L'intendant se fige, nous échangeons un regard neutre, puis nous poursuivons notre inventaire. Il ne peut pas s'exprimer, moi non plus. Nous nous en tenons à nos calculs. Je voudrais être ailleurs. Peut-être que lui aussi ?

L'heure suivante, Hilm vient frapper à ma porte. Il arbore un air victorieux. Ses manches relevées ont été éclaboussées de sang, il est en nage. L'un des civils vient d'avouer avoir saboté les voies.

— Son frère aurait participé lui aussi, mais il n'était pas à la ferme ce matin. Je viens d'envoyer dix hommes chez lui, pour vérifier tout ça. Pas de complice dans le lot de saligauds qu'on tient en bas.

Quelque part, cet aveu me soulage. Un coupable, pour que justice soit rendue, qu'on passe à autre chose.

— Appelez Schroden pour lui annoncer la nouvelle. Je vais donner l'ordre de faire libérer les autres civils.

J'ai utilisé un ton autoritaire pour éviter toute contestation. D'ailleurs, Hilm ne fait pas de difficultés. Je rédige et je signe l'ordre de libération et je hèle un garde de faction pour le faire transmettre sans attendre. Hilm vadrouille dans mon bureau, il semble indifférent au sort des hommes qu'il a fait emmener dans ces geôles. J'ai assez fréquenté de tortionnaires de son espèce, je devine qu'il a trouvé sa proie, qu'il veut désormais se concentrer dessus, jouer avec, lui faire cracher tout ce qu'il peut. Cet homme me répugne, je lis le plaisir sadique dans ses petits yeux porcins, derrière les vitres sales de ses lunettes.

— Un plaisir de le faire parler celui-là ! Avec sa blessure, une aubaine ! Il s'était pris des éclats de métal dans l'épaule, et ça s'ouvrait sur le flanc. Vous aviez raison, lieutenant, ces terroristes sont des amateurs. Il s'est blessé tout seul, le con. Sa plaie, un truc vilain, presque fatal… mais nette, bien soignée, nettoyée, pansée, du travail de pro… Il a suffi d'y enfoncer un peu le tournevis, de creuser… Il n'a pas été long à vomir le morceau !

Je me fige. *Une plaie bien soignée. Du travail de pro. Nette. Pansée.* Instantanément, je pense à Adèle Delestre. Elle est infirmière et il ne doit pas y en avoir des dizaines dans cette campagne perdue !

— Je vais appeler Schroden, conclut Hilm.

— Faites.

Il pivote, à la recherche de madame Kruger, ma secrétaire.

— Elle est partie déjeuner, lui dis-je. Je vais vous mettre en relation.

Je compose moi-même le numéro, je demande à l'opératrice le secteur du capitaine et je tends le combiné à Hilm qui s'en saisit. Je me sens glacé. Est-ce que c'est elle ? A-t-elle soigné ce partisan ? Hilm me joue-t-il la comédie ou bien est-il assez sot pour ne pas s'entendre parler ? *Une plaie bien soignée*. Je brûle de l'interroger plus en avant sur cette blessure. *Du travail de pro*. Il échange avec le capitaine, un rictus gourmand aux lèvres.

Je m'assombris en imaginant la suite. Ce partisan a donné son frère en quelques heures. Si l'interrogatoire reprend, il pourrait bien la mettre en cause, elle aussi.

Je dois garder la tête froide. Rien ne m'assure que c'est elle qui l'a soigné. Il s'est peut-être débrouillé autrement. Certains paysans s'y connaissent en soins. Une couturière ? Un vétérinaire ? Qui peut ôter des éclats de métal d'une épaule, recoudre… Hilm raccroche.

— Schroden est plus que satisfait. Il ordonne l'exécution du coupable pour demain. Il faut que ça aille vite. Que ça frappe les esprits ; pour mater toute rébellion. Il me reste l'après-midi pour finir ; voir s'il a des choses à ajouter.

— Ses fournisseurs ?

— Ses fournisseurs, et le reste du réseau.

— Parfait, dis-je sombrement.

— Allez, quoi, lieutenant Sieber, soyez bon joueur. Ma méthode paie. Rien de tel qu'un coup de pression pour ramener l'ordre.

Je dois donner le change, mais mon esprit dérape, je réfléchis à toute vitesse. J'ai peu d'options. Et toutes me semblent mauvaises. Le visage de marbre, j'incline la tête :

— Je le reconnais, vous avez raison.

Il exulte, et bombe le torse.

— Ah ! Voilà ce que je voulais entendre !

— Aucune pause depuis l'aube ?

— Non. J'y ai mis toute mon énergie. Je ne peux pas m'arrêter si je n'ai pas de résultats.

— Et maintenant, vous les avez.

— En partie. Mais j'ai déjà l'essentiel : les félicitations du capitaine Schroden.

— Merveilleux.

Mon ton est à la limite de l'ironie. Je me fais compatissant :

— Vous devriez vous accorder un temps pour déjeuner…

Il dodeline de la tête, remonte ses lunettes sur son nez.

— Ma foi, lieutenant, c'est vrai que cette séance fut sportive. Vous m'accompagnez au mess ?

— Une autre fois. J'ai du travail.

Il s'esclaffe :

— Rancunier, hein ?

— Pas le moins du monde, Hilm. Je vous ai félicité. Je connais votre valeur maintenant. Bon appétit.

Cette ordure quitte enfin mon bureau. C'est le moment ou jamais. C'est sans doute une erreur. D'un pas rapide, je descends l'escalier monumental qui coupe le vestibule en deux. Je suis un gradé, j'assure le commandement de ce poste, je peux aller où je veux. Les deux soldats en faction devant la porte me tournent le dos. Le personnel est réduit à cette heure, tous sont partis déjeuner, affamés par l'opération et les tensions de la matinée. Je m'enfonce vers les sous-sols. Des plafonniers grésillent et répandent une lumière jaune. L'odeur âcre de sang et d'excréments me prend à la gorge. Les cellules sont vides. Mon ordre a été exécuté sur le champ. Les soldats n'ont pas envie de s'embarrasser de prisonniers inutiles.

Reste un homme derrière les barreaux. Enchaîné sur une chaise contre la grille, le bras désarticulé, la tête rabattue sur la poitrine ensanglantée, il geint. Je n'ai pas la clé de sa cellule. Il redresse péniblement la tête ; son visage est déformé par les coups reçus.

— Va te faire foutre…

Sa menace chuinte et s'achève dans un flot de sang noir. Il a perdu des dents, l'os de son nez est explosé, ses arcades aussi. Hilm s'est acharné sur ce gars. Je n'ai pas le temps d'hésiter. Je dois le faire. Je m'encourage mentalement… Maintenant ou demain… ça ne changera plus rien pour lui. Son destin est scellé. Je passe mes mains à travers la grille, j'agrippe le dossier de sa chaise, je le tire vers moi. Il se débat comme il peut, mais entravé par ses chaînes, affaibli par la torture subie, il ne peut pas résister à ma prise. Son cou est visqueux, mes doigts glissent, je sers, je l'étrangle. Il convulse. Il aurait été plus humain de l'abattre d'un tir en plein cœur, mais je ne peux pas lui offrir cette mort. Il résiste, je serre, plus fort, jusqu'à ce que je sente la vie s'échapper de son corps meurtri.

Il est affaissé sur sa chaise. Je relève son poignet, à la recherche de son pouls.

Il est mort.

Je m'éloigne à grandes enjambées, j'enfonce mes poings maculés de sang au fond de mes poches. Je gravis l'escalier. Mes oreilles bourdonnent. Je voulais que les saboteurs soient punis, mais… pas de cette façon-là. Et puis, il y a cette pensée qui m'échappe… Quelque chose d'important, mais dont je ne me souviens pas. L'étage est désert, je vais au cabinet, je me lave les mains et les ongles avec soin. Mon reflet me nargue dans le petit miroir terni qui surplombe le lavabo. Et soudain, je sais. Je me rappelle.

CHAPITRE 14

Adèle

Confortablement installée dans le fauteuil club de papa, un plaid étalé sur les jambes, je grattouille le cuir usé de l'accoudoir. J'ai besoin de sécurité, mais les mêmes scènes traumatisantes repassent en boucle devant mes yeux ouverts. Les mêmes sensations me font grelotter. La pluie coule encore dans mon cou et trempe mon chemisier. Les grognements féroces des chiens me font trembler. Je suis là-bas. Dans la cour de cette ferme. Je jette mon vélo au sol, je cours vers Pierrot qui s'occupe de la première traite. Je l'entraîne, parce que les moteurs grondent sur le chemin de terre… Nous sommes cachés à la lisière du bois. Impuissants. Mon cuir chevelu se contracte, René se fait tirer par les cheveux jusqu'au camion, mon ventre se noue quand les bottes s'abattent sur ses côtes. Il hurle et Pierrot ronge son poing. Puis les cris et les aboiements refluent, emportés par le crépitement des eaux. Pierrot traverse le pré en sens inverse. Calfeutrée dans l'ombre du bois, le temps me semble une éternité. La peur me tétanise. Je ne me sens pas capable de retourner sur la route, pas après la scène à laquelle j'ai assisté. Mon vélo en travers des épaules, Pierrot revient. Il me jette mon vélo à la figure, m'abreuve d'injures et de menaces, m'ordonne de foutre le camp.

Me voilà, revenue chez moi, entre ces quatre murs que je n'aurais pas dû quitter. Les aboiements. Les cris. La pluie. Les casques. La berline noire qui escorte les camions… C'est un tourbillon de vase qui m'engloutit.

La sonnerie stridente du téléphone me sort de ma torpeur. Trop épuisée pour bouger, j'attends que ma maman décroche. Mais le téléphone insiste. De mauvaise grâce, je m'extrais du fauteuil et traverse le salon, enveloppée dans la chaleur du plaid.

— Allô.

— Adèle ?

Je me raidis. Cette voix…

— Oui… c'est vous ?

— Oui. Heinz. Le lieutenant Sieber. Est-ce que tout va bien ?

— Je…

Je perçois une inquiétude dans le débit de sa voix. Je brûle de tout lui raconter, de lui déverser ma peur, de lui avouer ce que j'ai fait, ce que j'ai vu, ce que j'ai enduré. J'ai le sentiment qu'il pourrait me comprendre. Mais il serait naïf d'espérer quoi que ce soit de lui. Il ne me doit ni protection ni réconfort. Bien au contraire.

— Oui ?

— …

— Répondez-moi, Adèle. Est-ce que tout va bien ?

— Non… non, pas vraiment. En fait, pas du tout…

Ma voix tremble, parce que je suis sur le point de fondre en larmes.

Il garde le silence, mais j'ai l'impression d'entendre ses dents grincer.

— Je ne pouvais pas…

— Ne parlez pas, pas au téléphone. Maintenant, restez chez vous, reposez-vous et attendez-moi. Est-ce que c'est compris ?

Je hoche la tête en reniflant.

— Adèle ?

— Oui. Oui, oui, j'ai compris.

— Parfait. À ce soir.

Un déclic. Il a raccroché. Je regarde le combiné avant de le reposer sur le socle.

— Qui était-ce ?

Poings sur les hanches, Maman m'observe depuis le seuil du salon. Je lui débite le premier mensonge qui me vient à l'esprit :

— Guy. Il voulait juste prendre quelques nouvelles.

— Ah bon ? Et tu ne me l'as pas passé ?

— La ligne était mauvaise.

Elle râle. Je l'écoute distraitement. Toutes mes pensées s'entremêlent. La pluie n'en finit pas de battre les carreaux.

L'après-midi touche à sa fin. La pluie a cessé. Maman est sortie entretenir son jardin. Je la vois aller et venir dans les allées, outils à la main.

La berline se gare, je me hisse sur le fauteuil et tends le cou : Acker ouvre la portière au lieutenant, qui grimpe quatre à quatre les marches du perron. La porte d'entrée claque à la volée. Sieber vient droit vers moi. Un calot noir, brodé d'une tête de mort, coiffe ses cheveux. Il me toise d'un regard glacé. Je me rencogne dans le fauteuil. Pourquoi ai-je imaginé que cet homme pouvait être un réconfort pour moi ?

— Vous connaissez monsieur René Laforges ? me questionne-t-il avec morgue.

Il me domine de toute sa hauteur. Je baisse les yeux sur mon plaid.

— Il est mort, me lance-t-il. Son frère est recherché. Tous ceux qui les auraient aidés, d'une façon ou d'une autre, seront traqués, arrêtés et punis.

J'encaisse ses propos. Mort ! René est mort. Quant à Pierrot, je ne sais pas où il est. Il m'a abandonnée dans le bois, mon vélo à la main. Je me mords les joues. Est-ce que Sieber attend des aveux ? Ses bottes claquent sur le parquet, je relève les yeux : il me tourne le dos, posté devant la fenêtre.

— Vous m'avez désobéi… Je le sais, j'ai vu votre vélo, vous l'avez oublié dans la cour de cette ferme. Je m'en suis souvenu après… la roue tournait encore. Vous êtes venue les prévenir. Vous étiez là.

Je bondis hors du fauteuil, le cœur battant. Il ne prend pas la peine de se retourner, ne m'offrant que son dos sanglé dans sa vareuse noire.

— C'est vous qui avez soigné cet homme ? Sa blessure à l'épaule. Ne me mentez pas.

— Pourquoi ? Vous allez m'arrêter, moi aussi ? Me tuer ? Et… vous… vous êtes trop lâche pour me le dire en face !

Ma voix a pris des accents hystériques ; j'ai été trop loin, je m'en rends compte, j'attends sa réplique qui ne manquera pas d'être cinglante. Mais, bien campé sur ses jambes, mains dans le dos, il demeure immobile et d'un calme effrayant.

— Je ne vous fais pas face tout simplement parce que j'observe Acker, explique-t-il en articulant. Je lui ai ordonné de nettoyer la berline. Il ne doit pas entendre cette conversation.

Il soupire. Un frémissement traverse la ligne de ses épaules.

— Je ne vous veux aucun mal. Au contraire. Je ne méprise pas le patriotisme. C'est le devoir de chacun. Défendre sa nation, c'est courageux. Mais, voyez-vous, j'ai des obligations. Je ne peux pas trahir les miens.

— Je n'ai aucun courage… vous vous trompez. Je n'ai rien fait… que le soigner.

— Et le prévenir au péril de votre vie. Et aider son frère à fuir.

— Je ne sais même pas où il se cache !

— Taisez-vous. Je vous en prie, ne me dites rien. Cette conversation doit être la dernière. Il est nécessaire de ne pas échanger d'informations entre nous.

Il ne me voit pas, mais j'acquiesce dans son dos. Il a un geste pour dénouer sa cravate.

— Mon chauffeur a terminé. Je vais le rejoindre et nous allons occuper le salon pour la soirée. Vous devez quitter cette pièce. C'est préférable que nous restions désormais à une véritable distance vous et moi.

Il pivote vers moi, son col entrouvert. Son cou, sa mâchoire, cette marque indélébile qui vibrent de toute la violence reçue et donnée me sautent au visage. J'avais presque oublié qu'il était mon ennemi. Un rictus de tristesse flotte au coin de ses lèvres. Je l'ai déçu. Et pourtant, je le sens qu'il m'admire aussi. C'est si paradoxal. Nous sommes si proches et si éloignés l'un de l'autre. Je devine ses tourments, et malgré sa froideur apparente, je sais qu'il comprend les miens.

CHAPITRE 15

Heinz

Nov. 1942

Un soleil automnal se frotte aux vitres de mon bureau, et vient réchauffer l'humidité de la pièce. Songeur, je fume une énième cigarette tout en brassant mes dossiers en cours, composés d'inventaires de réseaux ferrés et de listes d'effectifs.

J'ai un transport de troupes à organiser, puis une livraison de matériel militaire à sécuriser en direction de la côte. Je devrais me sentir satisfait ; le secteur est calme depuis deux mois. Nous n'avons pas retrouvé le partisan en fuite, mais il n'y a plus eu de sabotage.

Pourtant, je me sens fracturé. C'est comme si une faille béante me coupait en deux. Je sais que c'est à cause d'elle. Elle m'obsède. Sa bouche, sa voix, ses paroles. Je ne cesse de revivre nos baisers, le moelleux de ses lèvres, son odeur de savon, sa douceur, sa passion. Je me repasse nos conversations, je me persuade de son affection. J'avais l'impression d'avoir enfin trouvé une amie, et plus encore, une femme faite pour moi. Je l'ai désirée comme un fou, et cette sensation lancinante me poursuit, m'interdisant de l'oublier.

À Angers, le capitaine Schroden m'a emmené dans les bordels à soldats. J'ai couché avec certaines de ces filles. Des corps sans âme. Chaque fois, c'était à Adèle que je pensais. Il suffirait que je croise son regard… L'attraction incompréhensible, presque animale qui nous unit me charge en électricité.

Je me sens sur le point d'imploser. Je me surprends à coller mon oreille aux cloisons, à l'écouter, elle, sa voix, chacun des indices qui attestent de sa présence : l'eau de son bain qui coule, les grincements de sa literie, les notes laborieuses que ses doigts produisent sur le clavier du piano.

Je débloque complètement.

— Pour vous lieutenant.

Je relève le nez de mes plans. Madame Kruber me tend deux lettres de la *Feldpost* ; je la remercie d'un geste négligent ; sa sollicitude me fatigue.

La première lettre est de ma mère. Elle m'informe des concerts et des opéras donnés à Berlin, de ses sorties mondaines et de ses lectures. Elle me donne des nouvelles de ma sœur, me demande si j'ai rendu visite à Otto, mon beau-frère en poste à Paris. Quelques mots sur ma tante qui vit en Suisse. La dernière ligne rassemble des mots mal choisis au sujet des bombardements. Elle évoque Markus, mon jeune frère qui est à Stalingrad. Les combats sont rudes, mais la ville tombera bientôt. Le drapeau du *Reich* y flottera avant que l'hiver ne s'installe.

La deuxième lettre me questionne. Je déchire l'enveloppe. L'écriture fine aux rondeurs féminines m'alerte, avant même que je n'en lise le contenu. Mon regard descend instinctivement vers la signature. Elsa Baumann. La mère d'Helmut.

Les lignes qui suivent sont brèves et tranchantes comme une lame. La mort d'Helmut me cloue sur mon siège. Pas lui ! Je ne peux y croire. Je relis, avidement. Mais les mots sont les mêmes. Tué d'une balle en plein cœur. Mort sur le coup. Le genre de mensonge que tous les copains écriraient pour vous. Une balle dans le cœur, ce n'est pas une mort crédible, pas pour un tankiste.

Je repense à notre dernière soirée ensemble, en décembre 1941. Nous étions alors dans un champ de ruines enseveli sous la neige, noyé dans l'immensité glacée d'une steppe russe. Nous revenions de garnison. Quinze jours à l'arrière pour apprendre le maniement des nouveaux chars de combat. Quinze jours de relatif repos. La zone était sûre, située à une dizaine de kilomètres à l'arrière du front. Dans le lointain, la nuit se ponctuait de tirs d'armes lourdes et de la lueur blafarde des explosions. Nous nous chauffions autour d'un feu alimenté par le mobilier d'habitations désertées, et nous grillions des cigarettes en nous abreuvant de rasades de vodka chapardée sur des cadavres russes. Helmut riait de son inimitable rire caverneux, si bien que la couche de glace qui s'était formée sur ses sourcils et sa barbe se craquelait allègrement. Nous avions chanté le *Panzerlied* pour nous réchauffer et pour nous encourager. Nous nous sommes quittés à l'aube, en nous promettant de nous revoir sur la place Rouge pour fêter la nouvelle année. Mais le dernier soir de cette année-là, nous n'étions pas à Moscou. J'étais aux portes de la mort le cou brûlé, tandis qu'Helmut apprenait sa nouvelle affectation pour l'Afrique du Nord.

Helmut. Mort. Je froisse le papier au creux de mon poing. Le *Panzerlied* a toujours sonné à mes oreilles comme un avertissement. Le blindé, qui offre une si grande protection, promet aussi la plus terrible des morts.

« Et si un jour, la chance infidèle nous abandonne, nous ne rentrerons plus au pays natal.

La balle mortelle nous touche, le destin nous rappelle,

Oui le destin alors, le char devient pour nous un tombeau d'airain.

Un tombeau d'airain. »

Un tombeau d'airain, oui peut-être. Quand le métal fondu a refroidi sur les cendres de ceux qui sont restés piégés à l'intérieur. Si le char explose, la mort est instantanée. Mais lorsque l'acier s'enflamme, il devient une atroce prison de feu. À quoi bon gratter les parois, à quoi bon tenter de soulever une écoutille défoncée ? Il n'y a plus rien à faire que de supporter son destin : une agonie dans des odeurs de chair calcinée. Un avant-goût de l'enfer. J'espère qu'il restait une balle dans le revolver de Helmut. Qu'il lui restait assez de conscience, de temps et de force pour appuyer sur la gâchette ! Quelle ironie ! J'espère qu'il est mort de la manière dont sa mère le décrit.

CHAPITRE 16

Adèle

Nov. 1942

Tous les onze novembre, maman et moi assistions à la cérémonie aux morts, qui se tenait au cimetière du village, avant d'aller nous recueillir sur la tombe de papa.

Depuis que les Allemands sont là, toute célébration du onze novembre est interdite. Maman n'aime pas désobéir, alors elle a choisi de s'abstenir à cette date. Quant à moi je persiste, je viens sur sa tombe ce jour-là, peut-être plus par bravache que par besoin de faire mon deuil.

J'ai peu connu mon père, il est mort lorsque j'avais six ans, et les rares souvenirs que j'ai gardés de lui, ne sont que toux sans fin, sifflements de poitrine, respiration laborieuse. Il n'aimait guère que je l'approche, j'étais trop remuante et trop bruyante, je dérangeais. La compagnie des enfants, fussent-ils les siens, l'épuisait. Sans doute parce que les gaz toxiques avaient anéanti toute énergie en lui. Il est mort dans son lit, plusieurs années après son retour des tranchées. Son nom n'est pas inscrit sur le monument aux morts du village, et son corps repose auprès de ses ancêtres, dans le caveau familial qui borde l'une des allées du cimetière du village.

Aujourd'hui, onze novembre 1942, j'arrange un bouquet pour lui tout en prêtant une oreille attentive aux informations distillées par la radio qui crépite à côté de moi. Les nouvelles ne sont pas bonnes. Les Allemands ont franchi la ligne de démarcation. Ce nouvel accès de force me fâche, mais ne m'étonne guère ; pourquoi une armée si puissante que l'armée du *Reich* consentirait-elle à respecter une frontière de papier ?

Le lieutenant Sieber a tenu parole, il garde ses distances avec moi. Je ne le croise plus, il part tôt et rentre tard. C'est mieux ainsi. Pourtant, je me mordille la lèvre, incapable de repousser le souvenir de sa proximité ; je me rappelle son parfum, son odeur légèrement musquée, masquée par un mélange de citron et tabac, je me rappelle ses longues mains qui courent sur le piano, et son regard si bleu, dur et chaud à la fois. Le rouge me monte aux joues. Je coupe la radio, je jette les feuilles et tiges dans la poubelle.

Il va falloir beaucoup d'hommes pour occuper toutes ces terres au Sud. Peut-être que les affectations des soldats vont changer ? Les lignes bougent, le jeu évolue, les pions vont changer de place.

La journée est fraîche, parcourue par un vent venu du Nord. Je détache les tendeurs qui maintiennent le pot de chrysanthèmes sur mon porte-bagage. Mon vélo est calé contre le mur du cimetière, et deux sentinelles allemandes placées là pour éviter toute manifestation me suivent du regard.

Je m'oblige à dompter mon appréhension et franchis la grille en peignant un air innocent sur mon visage. Les deux soldats me laissent passer, l'un d'eux m'adresse un petit sourire en coin, sans doute me trouve-t-il à son goût. Le plus âgé est davantage méfiant, et je sens le poids de son regard suspicieux peser sur moi jusqu'à ce que je dépasse le monument aux morts.

Je poursuis le long des allées jusqu'à la tombe de papa. La pierre est verte sur la bordure, je gratte la mousse avec mon ongle. Mon pot de fleurs forme une minuscule tache orange dans ce triste camaïeu de gris, composé par les pierres, les gravillons et le ciel.

Marthe a congé aujourd'hui, aussi c'est moi qui vais devoir aller chercher des œufs chez les Morin. Nous, nous n'avons d'autres choix que de payer à prix d'or les marchandises qu'ils nous vendent ; sans quoi nous serions contraintes de ne manger que la maigre ration autorisée par les autorités.

J'avais saisi des regards en coin, des murmures à mon passage, des changements de trottoirs. Mais c'était assez impalpable, si peu significatif. Le mois dernier, l'appel du docteur Foucher, qui m'assurait ne plus avoir besoin de mes services jusqu'à nouvel ordre, m'avait contrariée. J'avais besoin de ce travail, pas tant financièrement que moralement. Sans cette occupation quotidienne, j'étais condamnée à tourner en rond dans la maison. J'en ai voulu au docteur de ce renvoi, mais je savais aussi que les temps étaient durs pour tout le monde, y compris pour les notables, et qu'il était légitime qu'il veuille économiser un salaire. Des semaines durant, je me suis cherché des excuses. Des paravents pour masquer la véritable nature de ces comportements ; Solange les a fait voler en éclat.

Elle amasse les œufs dans le creux de son tablier tandis que les volailles s'agglutinent autour de ses sabots. Le poulailler, tapissé de paille souillée et coiffé d'une tôle d'acier ondulé, baigne dans des relents d'odeurs animales que les maigres courants d'air, en se faufilant entre les briques nues et les écarts de la tôle, ont grand-peine à dissiper. Solange lorgne avec envie le moelleux de mon manteau, puis elle me tend le panier où sont alignés la dizaine d'œufs blancs. Depuis ce soir de bal clandestin, nous ne nous étions pas reparlé.

— Ils ont passé la ligne ! Tu le savais ?

— Évidemment. J'ai entendu la radio ce matin, rétorqué-je en enfouissant mes mains dans mes poches pour y chercher ma monnaie.

Solange se hérisse.

— Le moins qu'on puisse dire c'est que ça n'a pas l'air de te tournebouler ! Peut-être bien que tu t'es habituée à les voir. Les avoir tous les jours sous ton toit… Mais tu sais, le boche qui vit chez vous, il ne perd rien pour attendre. Pierrot a juré de venger son frère, et crois-moi, s'il revient au pays, il va pas le rater.

Je me fige.

— Quoi ? Tu as revu Pierrot ?

— Il s'est réfugié chez nous un temps. Mais oublie ça. J'étais pas sensée te le dire. Surtout vu ce qui se raconte…

Elle laisse sa phrase en suspens, et un silence malaisant flotte entre nous. Pierrot veut venger son frère ! Un long frisson me secoue l'échine tandis que mon imagination divague. Les coups de marteau du père Morin en train de réparer sa clôture s'impriment dans mon esprit. À moins que ce ne soient les battements du sang à mes tempes.

Solange me scrute :

— Il parle français, non ?

— Qui ?

— Le boche ? Il parle français ?

— Pourquoi ?

— Et de quoi il te cause ?

— De rien. Je ne lui parle pas. Et lui non plus.

— C'est pas ce qui se dit…

— Les racontars ne m'intéressent pas.

— Ils devraient.

Je lui lance un regard noir, bien décidée à faire cesser ces allusions qui me mettent de plus en plus mal à l'aise.

— Tu me dois six francs, ajoute-t-elle sèchement.

Je lui tends la monnaie. Avec une lenteur interminable, elle recompte les pièces avant de les enfouir dans la poche de son tablier.

Les mains dans sa poche ventrale, elle me jette un regard mauvais.

— On se connaît mal, toi et moi. Mais je t'avertis. De mauvaises langues prétendent que tu as donné les deux frangins Laforges au boche.

Je sursaute d'indignation :

— N'importe quoi ! J'étais là, je suis venue, et tous ces camions sont arrivés, j'ai couru pour leur échapper !

Une moue méprisante incurve ses lèvres.

— Justement ! exulte-t-elle avec méchanceté. Pourquoi ? Pourquoi es-tu venue à ce moment-là ?

Lui avouer que le lieutenant m'a involontairement mise sur la piste ne ferait qu'aggraver les choses.

— Parce que je m'inquiétais pour René !

— Ou parce que tu avais tout balancé à ton boche, et que les remords t'ont tirée de son lit.

— Mais non, jamais ! Je suis venue voir comment René se remettait. Pierrot a dû te le dire !

— Pas vraiment. Il a seulement dit que tu avais l'air bien au courant de ce qui allait se produire. C'est pour ça qu'il t'a plantée, qu'il voulait se débrouiller seul pour sa cavale, parce qu'il n'a pas confiance dans tes grands airs.

— C'est absurde, vraiment ridicule.

Des trémolos secouent ma voix et trahissent la fébrilité qui me tient ; ce qui n'échappe pas à Solange.

— C'est donc vrai ! exulte-t-elle, entre triomphe et dégoût. Tu t'encanailles avec le boche ! Et… ta mère est au courant de vos saloperies ?

— C'est faux !

Je m'insurge avec une force inédite, si bien que je pourrais presque croire à mon propre mensonge. Solange me jette un ricanement malveillant au visage et me plante là, tandis que la vérité m'étrangle ; cette vérité est si dérangeante que je répugne à me l'avouer. Plus de déni possible, j'ai goûté à ses lèvres, j'ai respiré son souffle, et j'ai aimé cela. Je me déteste. Je dois me rappeler sa brûlure, si laide, et l'austérité de son uniforme noir, je dois me souvenir de tout ce qui le rend haïssable pour le rejeter là où il mérite d'être, dans le néant.

En proie à des sentiments contraires, je tourne les talons. Mes doigts tremblent, font riper les tendeurs et je dois m'y reprendre à trois fois pour attacher le panier sur mon porte-bagage. Mes gestes sont brouillons.

Je grimpe sur mon vélo, mais le père Morin traverse la cour dans ma direction.

— La prochaine fois, envoie Marthe pour vos commissions, ce sera mieux ! Tu entends : ne remets plus les pieds ici, petite putain à boches !

Je m'enfuis sous les injures.

Toutes ces phrases se mélangent dans mon esprit ; je me sens salie et humiliée, je n'ai qu'une envie ; partir. Le plus loin possible de tous ces gens, le plus loin possible du lieutenant Sieber.

Au dîner, je remarque le regard de Maman qui s'attarde sur mes hanches, sur mon ventre, ma poitrine. A-t-elle entendu des rumeurs, elle aussi ? Elle me regarde manger, jauge mon appétit, et j'imagine sans mal ce qu'elle pense.

Nous engloutissons notre repas, car le lieutenant et son chauffeur ne vont pas tarder à rentrer, et à investir le rez-de-chaussée. Je débarrasse la table, j'expédie la vaisselle. J'étouffe. Il faut que je change d'air.

— Je voudrais aller à Angers, voir Guy et Jeanne, proposé-je.

Maman réfléchit, son collier de perles roule entre ses doigts.

Je précise :

— Sur une journée, ou deux.

C'est un mensonge. Je vais essayer de prolonger mon séjour. De chercher du travail. Je ne veux plus vivre ici, au milieu de ces gens qui jugent sans savoir, auprès de celui qui m'est interdit.

— En train ? demande Maman.

— Oui.

Elle hésite. Comme lorsque j'étais enfant, je joins mes mains sous mon menton pour la supplier :

— S'il te plaîîîîît… Je serai prudente. Juste une journée.

— Après tout… Va téléphoner à ton frère, voir s'il est disponible.

Je me saisis du combiné pour composer le numéro. C'est Jeanne, ma belle-sœur qui répond. Elle serait ravie de me voir ; nous convenons d'un rendez-vous le lendemain, à la gare d'Angers.

Le train freine. Je jette un œil à travers la vitre. Un essaim en vert-de-gris longe les quais et effectue des contrôles de bagages ou de papiers de façon aléatoire. Une dernière secousse, un sifflement et le wagon s'arrête. Je descends, emportée avec le flot de voyageurs. Les soldats affichent une décontraction humiliante : les fusils se balancent négligemment sur les dos.

Postée à l'entrée de la gare, Jeanne se ronge les ongles. Nous échangeons une bise et je lui inflige une accolade chaleureuse. Il y avait longtemps que nous nous étions vues, je suis contente de pouvoir me changer les idées. Le plan que j'ai en tête me paraît idéal maintenant. J'ai envie de me noyer dans cette masse anonyme, d'oublier l'atmosphère pesante de la maison, de combler mes longues journées solitaires. Je m'imagine une nouvelle vie, ici. Je serais presque enthousiaste… si je ne ressentais pas ce pincement au cœur. Je ne pourrais plus côtoyer le lieutenant Sieber. Je n'entendrais plus son remue-ménage à l'aube. Je ne saurais pas s'il est bien rentré le soir. Ce lien, si ténu soit-il, n'existera plus. Je ne pourrais plus guetter sa haute silhouette entre les lames de mon volet, le voir se retourner vers notre façade avec ce sentiment brûlant qu'il devine mon regard braqué sur lui.

Je secoue la tête pour le chasser de mon esprit. Comment ai-je pu le laisser prendre tant de place dans mes pensées ?

Nous sommes assises à la terrasse d'un bistrot. Sur la place en face de nous, des femmes aux cabas vides traînent le pas, d'autres poussent des landaus, tirent des bambins par la main. Jeanne suit mon regard, et pousse un soupir désabusé.

— Incroyable, toutes ces pondeuses ! Comment peut-on encore vouloir se reproduire à notre époque ?

— Les gens s'aiment et ils ont sûrement l'espoir que les choses s'arrangent.

— Foutaise. Rien ne s'arrange, ça ne va que s'empirer. Maintenant, tout le pays est sous le contrôle des boches. Il va en falloir de l'énergie pour les botter loin de nos frontières ! D'ailleurs, comment ça se passe avec les deux Allemands chez vous ? Tu supportes ?

Elle me regarde avec compassion. J'en profite pour avancer, sur un ton innocent :

— Justement, je voudrais savoir, si je pouvais rester un peu chez vous…

— Et laisser ta mère seule ? Tu n'y penses pas.

— Je me disais… que je pouvais peut-être chercher un travail ici.

Jeanne croque dans son sandwich.

— Impossible. Guy n'accepterait jamais. Ta place est auprès de ta mère.

J'ouvre la bouche pour protester, Jeanne me devance.

— Oublie ça Adèle. Tu connais ton frère.

Je lâche un soupir déçu. Depuis la mort de papa, Guy a toujours le dernier mot, il est devenu l'homme de la maison.

Des jeunes galopent vers un groupe de pigeons en criant ; les volatiles s'enfuient dans un froissement d'ailes, et les ménagères alentour houspillent les insolents. Les lycéens s'esclaffent ; leur rire est avalé par le bruissement des conversations.

Je somnole contre la vitre qui tremblote. Retour au point de départ. Je vais réintégrer ma prison dorée. Supporter l'ennui, la frustration, et les ragots de commères désœuvrées. Un coup d'arrêt. J'ouvre les paupières. Le train arrive en gare de Saint-Liboire. Les contrôles sont vite expédiés : mes papiers sont en règle et je n'ai pas de bagages. Je récupère ma bicyclette garée aux abords d'une placette attenante lorsque je surprends un échange de salutations au-delà du muret. Cette voix… La silhouette trapue me tourne le dos et s'éloigne à pas vifs. Sur la nuque de l'homme, des cheveux courts et mal coupés qui dépassent de la casquette enfoncée sur le crâne. Je le reconnais aussitôt. Que revient-il faire par ici ? Les paroles de Solange me reviennent et m'arrachent un frisson. Il ne peut être là que pour une seule raison : la vengeance.

CHAPITRE 17

Heinz

Novembre s'écoule comme se sont écoulés septembre et octobre ; nous voilà aux portes de l'hiver et la nostalgie qui me tient ne me quitte guère. Ce n'est pourtant pas dans ma nature de m'appesantir, mais la disparition de Helmut m'a atteint plus profondément que je ne le pensais. Je me croyais devenu insensible. Visiblement, ce n'est pas le cas. Et ce n'est pas une bonne nouvelle.

La guerre fait rage à l'Est, je m'inquiète pour Markus tandis que mes soirées s'enchaînent et se ressemblent. Je les passe au café du Commerce, où je regarde les sous-officiers qui sont sous mes ordres s'enivrer.

Ce matin, j'avais rendez-vous à la caserne d'Angers pour un contrôle médical. Le médecin a examiné ma brûlure, il m'a prescrit des antalgiques puissants à base d'opiacés. Je n'ai pas protesté, j'ai mis les plaquettes dans la poche, mais je ne les prendrai pas. Je sais à quel point ces substances sont addictives.

Après un déjeuner copieux, pris en compagnie de Acker dans un restaurant fréquenté par nos troupes, je ne me suis pas attardé. Les rues ne sont plus si sûres qu'auparavant : deux soldats isolés constituent de bonnes cibles.

Tandis que la berline file à travers la campagne angevine, je ressasse mes soucis. Je me sens inutile dans ce pays hostile. La compagnie de mes frères d'armes me manque.

Et puis celle de la petite Française aussi. Je ne me fais pas à cette situation bâtarde, à ce commencement de relation qui n'aboutit à rien.

J'entrevois le clocher de Saint-Liboire dans le rétroviseur ; je reconnais aisément sa longue flèche grise pointée vers le ciel. Nous avons dépassé le village et faisons route vers la maison des Delestre.

— Acker !

— Oui mon lieutenant ?

Je viens d'apercevoir une silhouette féminine juchée sur un vélo. L'ordre franchit la barrière de mes lèvres.

— Double-la. Coupe-lui la route.

Après une seconde de stupéfaction, Acker s'exécute. Je voudrais ravaler mes mots, mais de toute façon, c'est trop tard, je ne peux pas me dédire sans perdre la face. Mon chauffeur appuie sur l'accélérateur et nous doublons la bicyclette. Une manœuvre pour occuper le travers de la route déserte, un coup de freins, et le véhicule stoppe. Je bondis hors de la voiture sans attendre qu'on m'ouvre la portière.

C'est bien la demoiselle Delestre ; le vent soulève les pans de sa pèlerine de lainage bleu ; des mèches de cheveux blond cendré dansent autour de ses joues rougies par le froid. Ses doigts se crispent sous le guidon, et son allure ralentit. Elle pose un pied sur le bitume, garde l'autre sur la pédale. Son regard brun, chargé de questions et d'incertitudes, accroche le mien. Je frotte mes mains gantées l'une contre l'autre. Elle remue ses lèvres et finalement ose me questionner.

— Lieutenant Sieber ? Est-ce qu'il y a un problème ?

— Non. Pas de problème. Je veux marcher. Est-ce que vous me tenez compagnie ?

Elle a un mouvement de surprise, tourne la tête pour évaluer les alentours.

Je balaye la route d'un revers de main.

— Personne ne vous verra ici, dis-je pour la rassurer.

Sans lui laisser davantage de temps pour étudier ma proposition, je rouvre la portière pour ordonner à Acker de partir. Il hoche la tête sans enthousiasme. Je sais ce qu'il pense. J'espère qu'il n'ira pas répandre des bruits sur mon compte. Obéissant, il remet le contact. La berline s'éloigne, nous laissant au bord de cette route perdue entre les champs. Adèle a toujours un pied sur la pédale, comme prête à repartir.

— Vous n'allez pas me laisser tout seul ?

J'ai usé d'un ton léger, mais le doute m'effleure : est-ce qu'elle oserait remonter en selle et me planter là ? Elle soutient mon regard, son menton frémit.

— La maison est à un kilomètre, tout droit. Il suffit de suivre la route jusqu'à la haie de laurier.

Je m'évertue à rester impassible.

— Je sais, dis-je. Je ne suis pas idiot. Je veux seulement marcher avec vous.

Elle abaisse ses longs cils.

— Nous marchons ensemble ?

Pour toute réponse, elle descend de son vélo. Dissimulant mon soulagement, je m'écarte, mains dans le dos, pour venir me placer à sa gauche. Nous avançons côte à côte, mon long manteau bat contre mes mollets, sa roue grince légèrement. Je ne sais plus comment reprendre la conversation. Que m'arrive-t-il ? J'ai toujours été si plein d'assurance… Elle vient à mon secours :

— Est-ce que vous vouliez me parler de quelque chose ? demande-t-elle.

Je déglutis, le regard rivé droit devant moi. J'ôte ma casquette, passe une main dans mes cheveux gominés en arrière. *Allez, Heinz, lance-toi, tu n'auras pas d'autres occasions.*

— Oui et non. Je voulais seulement avoir l'agrément de votre compagnie. Sans vous, le temps a été très long. Je crois que nous pouvons reprendre notre rapport. Avec des précautions. Ce n'était pas désagréable de faire des échanges. N'est-ce pas ?

Je me tourne brièvement dans sa direction pour jauger sa réaction ; un sourire flotte sur ses lèvres. Un court instant, son regard malicieux croise le mien, puis elle masque sa bouche dans le lainage de sa pèlerine pour étouffer un rire.

— Est-ce que vous vous moquez ?

Elle se recompose un visage sérieux :

— Non, non… Seulement de vos formulations… « l'agrément de votre compagnie » … « faire des échanges » … c'est très, ce n'est pas… ce ne sont pas exactement les mots appropriés.

— Mon français est parfois moyen de niveau.

— Pourtant votre éducation a été totalement complète. Ou complètement totale. Je ne sais plus.

Je marque un court temps d'arrêt. Ces taquineries m'amusent, me flattent et me vexent à la fois.

— Vous vous rappelez donc de mes mots !

— De certains.

— Vous êtes très cruelle de moquer mes connaissances linguistiques. J'ai une tante, en Suisse, qui parle le français et qui parfaitement comprend ce que je dis.

— Eh bien… Je vous comprends aussi, lieutenant Sieber, mais ces tournures sont spéciales, pour ne pas dire uniques.

— Vous pouvez m'appeler Heinz. Lorsque nous sommes seuls, ajouté-je aussitôt.

— Ah. Alors, s'il faut que nous soyons seuls, vous ne m'entendrez pas souvent vous appeler…

— Dites-le.

— Heinz ?

Mon prénom ainsi prononcé, par cette voix douce, cet accent français mâtiné d'une pointe d'insolence, me fait palpiter le cœur.

Nerveux, je me débarrasse de ma casquette qui m'encombre les mains en la fourrant dans ma poche.

— Nous pouvons nous voir un peu souvent Adèle, si vous acceptez.

— Un peu souvent ?

— Comme il vous conviendra.

— Pour reprendre la leçon de piano ?

Cette fois, je pivote pour croiser son regard. L'étincelle qui brille dans ses pupilles me confirme qu'elle pense à la même chose que moi. Nous nous rappelons très bien comment s'était terminée la leçon de piano. Ses joues s'empourprent, et ce n'est pas à cause de la fraîcheur automnale. Instinctivement, nous nous rapprochons. Nous sommes si proches l'un de l'autre que sa manche frôle la mienne. Sa chaleur corporelle m'aimante. Elle me fait perdre la tête. Je n'y tiens plus. J'attrape son visage entre mes mains gantées et je plonge vers ses lèvres. Leur douceur m'électrise. Elle me rend mon baiser avec timidité. Peu à peu, je la sens qui se relâche, elle me laisse envahir sa bouche. Comment ai-je pu me passer d'elle si longtemps ? J'aime son goût. J'ai envie de la débarrasser de sa pèlerine, d'ôter mes gants, de toucher le velouté de sa peau, de la respirer, de me fondre en elle. Haletant, je me détache, et nous restons ainsi, front contre front, nos souffles mêlés. La pointe de son nez touche le mien et ses mèches folles viennent me chatouiller les pommettes.

Un bruit de moteur me dégrise.

— Une voiture vient ! s'exclame-t-elle.

Je détache sa main du guidon de son vélo tout en examinant les alentours d'une brève rotation du buste :

— Là-bas, les arbres ! *Schnell* !

Elle les a vus aussi. Prestement, elle saute par-dessus le fossé qui marque la bordure du champ voisin, tandis que je dissimule son vélo sous les fougères du bas-côté avant de la rejoindre. Nous courons tous deux vers le bosquet de charmes.

Dos contre l'écorce des arbres, essoufflés, nous échangeons un regard avant de partager un rire nerveux couvert par le ronflement de moteur d'une vieille traction. La voiture s'éloigne, Adèle se laisse choir sur une souche morte. Lentement, je glisse une cigarette entre mes doigts. Les mains en coupe, j'embrase le tabac avec mon Zippo ; je tire une bouffée et j'observe Adèle à travers le nuage de fumée que j'exhale.

— Tu cours vite.

Je l'ai tutoyée sans m'en rendre compte, et elle ne tique pas.

— Il ne faut pas qu'on nous voie, murmure-t-elle. Déjà que…

— Les gens te reprochent de m'héberger ?

— Plus compliqué. Il y a des rumeurs.

— Je vois. Je peux te protéger si tu as besoin.

— C'est vous qui devriez faire attention. Vous n'êtes pas en sécurité ici.

J'arque les sourcils. Pas en sécurité ? Je ricane avec arrogance.

— J'ai connu des endroits vraiment plus dangereux que ce village.

— Je m'en doute. Je dis seulement qu'il faut se méfier de l'eau qui dort.

— Je suis un homme prudent.

— Hmmm… et là, est-ce que c'est prudent cette… promenade ?

— Non. C'est absolument imprudent. Mais très agréable.

J'écrase ma cigarette sous ma botte sans la quitter des yeux. Je lis le désir qu'elle a de moi dans ses pupilles et l'effet est immédiat : un élan me pousse vers elle. Pour le réprimer, d'un geste machinal, je plonge la main dans la poche de mon manteau. Mais sous la casquette, mes doigts effleurent un relief que je connais bien.

Ces clichés, je les traîne partout avec moi. L'envie de partager ces souvenirs avec elle m'enjoint de faire sauter l'élastique brun qui rassemble la liasse de photos cornées. Je la lui tends. Elle regarde les images une à une, avec attention, sans faire de commentaire. Je la vois plisser les yeux, s'attarder. Que pense-t-elle de ces inconnus ? De cette femme élégante, un brin rigide, assise sur le rebord d'un bassin de granit ? De ces deux garçons en costume marin et de cette petite fille aux gants blancs ? D'autres photos, toujours ma mère, son maintien aristocratique, son regard flou, un lac ou un théâtre en arrière-plan. Moi, Markus et Christa sur une plage. J'affiche un air buté et froid, pour changer. Puis il y a mon père, la quarantaine bien entamée, le menton volontaire. Je raconte quelques souvenirs d'une promenade en voiture dans la campagne berlinoise ; Adèle m'écoute. Elle recommence à feuilleter la liasse. La photo suivante n'est pas une surprise. Je n'ignorais pas qu'elle se trouvait là, en embuscade. C'est la suite logique de mon histoire. Je pose devant une maison en ruines. Les poutres jaillissent grossièrement de la façade éventrée d'où pendent aussi toutes sortes de câbles. La cheminée est détruite. Trônant sur un tas de gravats, les manches retroussées, j'affiche le sourire satisfait et éreinté du travailleur qui s'accorde une pause méritée. Je m'en rends compte à présent : ce cliché est obscène. Les photos suivantes défilent, Adèle les passe assez rapidement. Moi couché dans une tranchée de neige ; Helmut devant un panneau de frontière tordu ; nous deux, bras dessus bras dessous, grimpés sur un char. Helmut et moi.

— Qui est-ce ?

— Un mort.

Je passe ma main au-dessus d'elle pour lui reprendre les clichés que je fais disparaître au fond de ma poche.

— C'était lui, votre ami en Afrique du Nord ?

— Oui.

Elle se mordille la lèvre ; ne parvenant visiblement pas à énoncer les mots que la politesse lui commande, mais que la morale réprouve : elle n'arrive pas à être désolée de la mort de ce gaillard en uniforme ennemi. C'est logique. Impossible de lui en vouloir. Je tapote une cigarette contre ma paume.

— Tu dois rentrer chez toi. Je vais venir plus tard pour ne pas te fabriquer un problème avec ta mère.

— Me fabriquer un problème ?

— Qu'est-ce que je dis de mauvais ?

— Rien, assure-t-elle, mais sa mimique me dit le contraire.

Je lui rends son sourire, un sourire éblouissant de douceur, d'innocence, un sourire qui illumine la grisaille environnante.

CHAPITRE 18

Adèle

Machinalement mes doigts effleurent ma bouche… Au bout de mon index palpite le souvenir d'un autre relief, d'une autre bouche… Mes pensées divaguent et s'interrompent brutalement lorsque je me heurte au regard peu amène du subordonné du lieutenant. L'Allemand me questionne de sa voix rocailleuse qui roule les « r ». Incapable de déchiffrer ses propos, je devine cependant la teneur de son inquiétude ; je lui désigne la haie de laurier derrière moi.

— Le lieutenant, il arrive, bientôt, dis-je en articulant à outrance.

Un pli barre le front déjà ridé de l'Allemand qui me bouscule de son épaule pour descendre vers le jardin. Sa préoccupation me chiffonne, mais je n'ai pas le temps de m'y attarder : Maman passe la tête par la porte pour me réprimander.

— Te voilà revenue ! Je m'inquiétais !

— Que veux-tu qu'il m'arrive ? dis-je en forçant sur mon insouciance.

Je franchis la porte, mes souliers claquent contre les dalles du vestibule.

— Je ne sais pas, mais quand je vois celui-là qui est revenu tout seul, qui tourne comme un ours en cage depuis tout à l'heure…j'ai eu peur qu'il se soit passé quelque chose. J'ai appris par le maire que Justin a été transféré. Demain je lui confectionnerai un colis que tu iras poster.

— Hmm…

— C'est entendu ?

— Oui Maman, j'irai.

Elle m'examine, lèvres pincées. Son collier de perles roule entre ses doigts. Je baisse les yeux vers les boutons qui ferment ma pèlerine. Est-ce que mon tourment peut se lire sur mon visage ?

Maman change de sujet, elle me pose des questions sur Jeanne, ce à quoi je réponds volontiers, tout en suspendant mon manteau à la patère. Pour achever de la tranquilliser, et peut-être aussi parce que je me sens coupable, je dépose un léger baiser sur sa joue. Elle m'arrête d'une légère pression sur le bras.

— Est-ce que tu fumes ?

Je me dégage doucement.

— Mais non !

— Tu sens le tabac, insiste-t-elle en effleurant une de mes mèches de cheveux. Et tu es décoiffée.

Comme toujours elle est à l'affût, elle devine tout.

Je fais un pas pour entrer dans le salon, et je m'efforce de prendre une voix détachée.

— Le train était bondé et les fumeurs ne se sont pas privés.

Je ne sais pas si elle est dupe ; j'évite de me retourner et je m'échappe vers le salon tout en me recoiffant d'une main. Depuis la vitre j'aperçois l'Allemand qui fait les cent pas devant le portail qui ferme l'allée. Sa nervosité est contagieuse. Je commence à m'inquiéter. La phrase de Solange me revient à l'esprit, le visage ébouriffé de Pierrot aussi.

— Regarde-moi ça ! Est-ce que tu ne trouves pas cette scène étrange ? J'espère qu'il n'est rien arrivé de fâcheux.

Ma mère s'est glissée derrière moi et j'ai l'impression qu'elle me hume, qu'elle veut sentir non seulement le tabac, mais aussi le parfum que j'exhale, celui de l'odeur citronnée du lieutenant, et celui de la peur qui me noue les entrailles. Le ciel gris se charge de pénombre ; la nuit va s'étendre. J'ai l'impression d'être en apnée. Et puis, la haute silhouette qui apparaît au portail me délivre. Mes épaules s'affaissent, je ne peux retenir un soupir. Intercepté par son subordonné qui me tourne le dos, je ne vois pas l'expression du lieutenant, son visage reste masqué par la visière de sa casquette. L'échange est houleux. Maman exulte et commente ; je l'écoute à peine. Je me détache de la fenêtre quand je vois les deux Allemands se mettre en marche vers nous. Maman saute sur la porte qui ferme le salon et la referme d'une poigne décidée.

— Dépêchons-nous de manger avant qu'ils ne viennent investir le salon.

CHAPITRE 19

Heinz

J'ai aperçu sa silhouette postée derrière la vitre, en contre-jour d'une lumière tamisée. Cette image me reste en tête. C'est curieux, à croire qu'elle attendait mon retour. Qu'elle s'inquiétait !

Je n'ai pas l'habitude que quelqu'un s'inquiète pour moi. Mes parents eux-mêmes ne se sont jamais préoccupés de rien d'autre que de mes échecs et de mes succès. Je devais cocher les cases qu'ils avaient établies pour moi, avancer dans le parcours balisé à l'avance par leurs soins. D'ailleurs, si je meurs en héros, mon père en sera plus fier qu'affecté. Quant à ma mère, il y a si longtemps qu'elle s'est déconnectée du réel que je doute de sa capacité à s'émouvoir sur autre chose que son propre sort. Markus et Crista seraient tristes, probablement, mais il y a si longtemps que nous nous sommes vus que j'ai un peu disparu de leurs vies. Je suis déjà un fantôme pour les miens.

Je fume à la fenêtre de ma chambre, la fumée grise monte contre le ciel dénué d'étoiles. En bas, nos hôtes dînent, et lorsqu'elles auront terminé, nous descendrons à notre tour. Règle que j'ai tacitement tolérée ; pour ne pas les importuner, mais je ne suis pas certain de vouloir laisser perdurer cette habitude. De l'autre côté de la cloison, Acker plonge dans son bain. Celui-là n'a aucune délicatesse, j'imagine qu'il laisse un désastre derrière lui. À cette heure tardive, c'est certainement Adèle ou sa mère qui vont devoir nettoyer derrière ce sagouin ; et cette idée me déplaît. Il va falloir que je rappelle Acker à l'ordre. C'est le privilège de mon grade ; je peux enfreindre les règles puis réprimander comme un enfant un homme qui a presque deux fois mon âge. Je ne sais pas si c'est risible ou désolant. D'un coup sec, je jette dehors la cigarette consumée.

CHAPITRE 20

Adèle

Je viens d'affranchir le colis pour Justin à destination de la prison dans laquelle il a été transféré après une tentative d'évasion. Il s'agirait d'une forteresse plantée sur une île rocheuse de la mer Baltique. Je salue distraitement la postière.

En sortant du bureau, je me heurte à Pierrot. Visiblement surpris, il m'agrippe par la manche pour se presser contre moi. Écœurée de ce contact forcé, j'essaye de le repousser, en vain.

Sa poigne est solide. Il se frotte contre ma cuisse et son souffle me chatouille l'oreille :

— Le René sera vengé bien plus tôt que tu le crois, sale pute. Et après nous verrons comment tu peux te racheter…

Il me lâche, je m'enfuis sans qu'il cherche à me rattraper.

J'ouvre un livre, les lignes dansent devant mes yeux sans que je sois capable d'en saisir le sens. Les partitions auxquelles je m'essaye sont truffées de fausses notes. Je ne peux ni me concentrer ni me distraire. Ma tête va exploser sous la pression qui me bat les tempes.

La nuit est tombée depuis un moment.

J'ai grignoté sans conviction. Plus rien n'a de prise sur moi. Les paroles de ce porc de Pierrot tournent en boucle dans mon esprit. Je sais ce que cela signifie.

N'y tenant plus, je me jette dans la nuit, et enfourchant mon vélo, je file à travers la campagne, direction Saint-Liboire.

Entre les maisons tassées dans la nuit, aux volets fermés et fenêtres calfeutrées, les rues déroulent leurs sombres rubans. Quelque part, des bottes frappent le sol en cadence. Je remonte les ruelles. Aux abords du château, je prends soin d'éviter les guérites d'où partent des faisceaux lumineux des lampes qui fouillent la nuit. Le cœur battant, je descends de vélo. À une dizaine de mètres devant moi, la devanture du café du Commerce est tendue de lumière vive, faible écho à la blancheur surnaturelle de la lune ronde. Des ombres se dessinent derrière les rideaux de lin, silhouettes mouvantes et immenses. J'attends, incapable de me résoudre à entrer dans ce lieu fréquenté par les Allemands, qui plus est à une heure sous couvre-feu. L'absurdité de la situation m'éclate au visage. Que suis-je venue faire ? Dénoncer Pierrot ? Ce serait la pire des ignominies. Prévenir le lieutenant… De quoi ? Je ne suis sûre de rien. Je n'ai aucune information, ni quand, ni comment, ni où… Non, je n'ai rien que la certitude que Pierrot projette de l'assassiner. C'est vague.

Désemparée, je resserre mon écharpe autour de mon cou. J'ai froid. Je marche pour me réchauffer et, peut-être, pour me décider à partir.

Soudain, la porte du café s'ouvre en grand, inondant la nuit d'éclats de voix avinées. Fondue dans l'ombre d'une fourgonnette, je suis toute proche des Allemands qui s'esclaffent. Le lieutenant Sieber apparaît sur le seuil, referme la porte derrière lui et s'adresse à ses hommes qui lui répondent quelque chose qui paraît l'amuser ; un rire franc cascade entre ses lèvres. Ils se saluent mutuellement puis se séparent. Le petit groupe s'enfonce vers le haut de la rue tandis que le lieutenant reste seul. Il paraît hésiter à retourner vers le café — peut-être pour aller chercher son subordonné —, et finalement il s'adosse à sa berline, un pied contre la carrosserie, un genou replié. Sa casquette tourne entre ses doigts, il s'abîme dans ses pensées avant de la visser à nouveau sur sa tête. Oubliant cette posture raide dont il a l'habitude de s'embarrasser, il fourre négligemment ses mains au fond de ses poches et laisse errer son regard vers le ciel étoilé.

De longues minutes il reste ainsi, songeur et tranquille, offrant un visage d'une humanité absolue, en totale contradiction avec le rôle qui lui est assigné. À le voir ainsi, je le trouverais presque inoffensif, et je l'imagine assez bien en civil, le chapeau de guingois, les manches de chemise retroussées, la cigarette aux lèvres.

Brusquement un bruit à peine perceptible me met en alerte. C'est un glissement feutré qui se mêle au souffle du vent. Une ombre se détache et un éclair tranche l'obscurité. Une fraction de seconde me suffit pour comprendre. Une coulée de lune glisse sur la crosse d'un revolver. Depuis le trottoir opposé, l'ombre lève son bras armé en direction du lieutenant. Un souffle animal me déchire les poumons, avant même que la réalité ait eu le temps de traverser mon esprit. Ai-je crié ? Oui, je viens de crier. Le lieutenant m'a entendue, il est sorti de sa songerie, il porte la main à sa ceinture.

Simultanément deux éclairs de feu jaillissent. Le lieutenant saute derrière la berline, fait feu à nouveau, tandis que l'ombre pliée en deux détale vers la place. Alertés par ces détonations sèches, des Allemands sortent en trombe du café, armes au poing. Un hurlement et le groupe s'élance vers la place en criblant de balles les façades des maisons endormies. Des ordres claquent, couverts par les crépitements qui trouent la nuit.

Le lieutenant me découvre à quelques mètres de lui. À son air stupéfait succède un froncement de sourcils ; il comprend que c'est moi qui ai crié et que je viens de lui sauver la vie. Un de ses collègues s'interpose entre nous deux et me secoue avec rudesse ;

le lieutenant arrête son geste puis le repousse avec violence. Leur dispute est incompréhensible pour moi. Mes oreilles bourdonnent et un brouillard ankylose ma conscience. Terrassée par l'évènement, je chancèle. Je cherche un appui contre la carrosserie de la fourgonnette. Mes jambes ne me soutiennent plus. Le visage du lieutenant se désagrège en une myriade de points. Je ferme les yeux pour ne pas donner prise au vertige qui m'assaille.

Des mains gantées frictionnent les miennes. Il est là, accroupi devant moi, son regard vrillé dans le mien. Je bats des cils, incertaine. La fraîcheur de la pierre sous mes fesses remonte le long de ma colonne vertébrale et m'arrache un frémissement. Assise sur le trottoir, le dos calé contre la façade du café, je soutiens le regard clair du lieutenant qui me dévisage avec une amertume teintée d'inquiétude. Autour de nous, des bottes claquent dans une envolée d'exclamations aux tonalités germaniques.

— Est-ce que ça va aller ?

Je hoche la tête.

— Vous pouvez vous relever ?

— Je crois oui.

Sans attendre, il se redresse et me hisse.

— Parfait. Montez dans ma voiture. Vous rentrez avec moi.

— Ma bicyclette…

Je proteste en claquant des dents.

— Mes hommes s'occuperont de votre bicyclette. Montez dans la voiture et attendez-moi. C'est compris ?

L'habitacle sent le tabac froid. Dans le rétroviseur, j'entrevois les soldats qui s'éparpillent et le lieutenant qui distribue des ordres. C'est étrange, j'ai l'impression que cette scène, là, dehors, ne me concerne pas. J'ai perdu le fil du temps. Anesthésiée, je vois les patrouilles qui circulent et se déploient, puis qui reviennent bredouilles. Longtemps après, les portières grincent : le lieutenant Sieber et son ordonnance s'engouffrent dans un courant d'air.

La voiture glisse dans la nuit. Je m'enfonce dans le cuir de la banquette, bercée par le ronronnement apaisant du moteur. Mâchoires serrées, le lieutenant est à côté de moi, mais il ne me regarde pas, tourné vers le paysage nocturne. Il ne parle pas ; et je n'ai pas la force de débuter une conversation. Le cri instinctif qui a jailli du plus profond de moi a anéanti toute mon énergie. D'ailleurs, que pourrais-je lui avouer ? La berline franchit la haie de laurier. Les pneus crissent sur les gravillons. La voiture fait un virage à droite pour se garer au pied de l'escalier. Un court instant, les phares éclairent les angelots de pierre qui ornent les rampes avant de les renvoyer à l'obscurité. Ils arborent toujours le même air béat, le même sourire insupportable. Le moteur est coupé. Je m'extirpe du véhicule. Le froid me saisit. Pour un peu, je me remettrais à claquer des dents. Observant ma faiblesse, le lieutenant glisse son bras sous le mien. C'est un appui solide.

Malgré les couches de tissus qui nous séparent, je sens la pression qu'il exerce sur mon avant-bras. Sa chaleur se propage en moi. Le souffle court, je le laisse m'entraîner dans les escaliers. Je le laisse aussi entrer dans ma chambre, certaine que c'est là, après le cri que je n'ai pu retenir, le deuxième acte qui va signer ma défaite. Il allume la lampe de chevet.

— Je n'ai pas envie d'expliquer, dis-je.

— Je n'ai pas envie de vous interroger. Pas maintenant.

— Est-ce que vous pouvez verrouiller cette porte ?

Ma question est aussi limpide que ses intentions, il tire le verrou sans sourciller.

Quand il pivote à nouveau vers moi, je respire à peine. Sa présence est écrasante. Il emprisonne mes mains et me sonde de son regard impérieux. Une foule de contradictions passent dans ses pupilles tourmentées, de la défiance, de la colère, de la reconnaissance et des reproches. Il est aussi perdu que je le suis.

Mais au-delà de tout ce désordre intérieur, une vague de désir nous aimante. Nos souffles saccadés s'entremêlent et nous tanguons l'un contre l'autre. Ennemis et unis à la fois. Le brasier qui me fait fondre brûle aussi dans son regard assombri. Hypnotisée, je m'agrippe au col de sa veste.

Mes mains blanches tranchent sur cette laine sombre. La vision de sa peau brûlée me dévore le cœur, je relève le menton et sa bouche entrouverte vient se presser contre mes lèvres. Le sol se dérobe sous mes pieds et le moelleux du lit accueille ma chute. Il passe un genou de part et d'autre de mon bassin, me caresse le cou, m'embrasse en me mordillant. Un à un, les boutons de mon chemisier sautent. Un peu gênée de ma demi-nudité, je rougis, mais je le laisse remonter ma jupe sur mes hanches. Ses mains se perdent sur mon corps, ses doigts s'aventurent en moi, et les sensations qu'il me procure me font oublier tout le reste. Il s'arrête, s'amuse de mon émoi. Son corps s'imprime contre le mien, et pourtant je le voudrais plus proche encore. Allongé sur moi, il se redresse sur les coudes et plonge ses iris glacés dans les miens.

— Tu n'as jamais connu un homme, n'est-ce pas ?

— Non…

— Tu sais que cela fait mal un peu.

— Oui…

— Est-ce que tu veux tout de même ?

— Oui.

— Est-ce que tu as peur ?

Sa voix est saccadée. Je suis incapable de répondre, oui, non, ce sont les seuls mots que je connaisse et ils ne franchissent plus mes lèvres.

Je fais non de la tête, enivrée par son parfum d'homme, sa chaleur, la fièvre de ses baisers et de ses attouchements. Il me caresse le front, comme pour m'apaiser d'un cauchemar puis m'embrasse avec une tendresse insoupçonnée.

— C’est bien. Tu ne dois pas avoir peur de moi. Je ne te veux aucun mal. Jamais. C’est compris ?

J’opine mollement de la tête. L’ouverture de sa chemise laisse entrevoir sa plaque militaire. Le métal renvoie des éclats de lumière. Le lieutenant me surplombe, il se déshabille méthodiquement, me révélant l’ampleur de sa blessure et sa musculature fine. Je glisse mes mains dans sa nuque pour l’attirer vers moi. Sa peau contre ma peau, la sensation est merveilleuse. Mes doigts l’effleurent. Il se crispe. J’ai effleuré son cou, j’avais oublié sa brûlure.

Il embrasse mon doigt, revient contre mes lèvres.

— Aucun mal. Jamais, marmonne-t-il encore contre ma bouche, comme une incantation.

Quand il me transperce, je me cabre. Une cascade de sensations brûlantes monte dans mes reins et me fait oublier la douleur qui s’amenuise. Je gémis contre sa paume tandis que mon monde s’efface dans une volupté que je ne soupçonnais pas.

CHAPITRE 21

Heinz

Je me réveille avec la sensation de ne pas savoir où je me trouve. Une échine tiède est lovée contre mon torse, des boucles soyeuses frôlent la pointe de mon nez. J'ai des fourmillements dans le creux du coude, là où Adèle laisse reposer sa tête.

Il fait encore nuit noire, mais une série de flashs cascadent devant mes yeux ouverts. Je me laisse gagner par la chaleur qui se diffuse de ce corps alangui par le sommeil. Elle remue et se blottit plus près encore, imbriquant sa croupe contre mon bassin. Notre alchimie est parfaite, mais… mon cerveau travaille contre moi. Je ne dois pas me laisser aller. Les questions fusent. Pour commencer, que faisait-elle dehors, après le couvre-feu, devant ce café occupé par nos troupes ? Comment pouvait-elle être au courant de ce qui allait se produire ? Était-elle venue m'aider ou me perdre ? A-t-elle changé d'avis au dernier moment ? Toutes les hypothèses se fondent et se mélangent, dans un brouhaha intérieur qui alimente ma méfiance. La colère me serre les mâchoires. Je crispe mes doigts sur ses hanches. Elle a pris mon parti, c'est indéniable.

Est-ce que cela devrait me suffire ?

La question reste sans réponse. Longtemps, je navigue entre conscience et sommeil, incapable de lâcher prise. Les prémices de l'aube me tirent hors du lit.

Le froid environnant me saisit dès que je repousse la couverture qui nous enveloppait.

Dans la pénombre, je défroisse sommairement ma chemise qui a roulé dans un coin du lit. Je retrouve mon pantalon d'uniforme au sol à côté de ma veste. J'enfile mes vêtements un à un, puis je ramasse le ceinturon qui gît à mes pieds, et je le passe autour de ma taille. L'arme alourdit l'étui de cuir noir.

Une porte claque dans un raffut de bruits de bottes ; on frappe contre un battant, de l'autre côté du couloir. De sa voix aux accents bien marqués, Acker annonce l'heure du réveil à son supérieur, sans se douter que j'ai dormi dans un autre lit.

Je retiens un sourire idiot : si les circonstances n'avaient été si graves, elles auraient pu être amusantes. Défier les règles peut être stimulant. Mais l'affaire est grave ; j'ai échappé à une tentative de meurtre et la femme dont j'ai partagé le lit est impliquée, d'une manière ou d'une autre dans cet attentat raté.

La journée va être pénible. Il va falloir retrouver le fugitif et pour cela fouiller fermes, bois et entreprises environnantes… Est-il mort ? Je l'ai blessé à hauteur de ventre. Un réflexe que j'ai gardé du front russe. C'est toujours plus efficace que de s'essayer à viser la tête. Il y a tellement d'organes vitaux à atteindre dans les flancs.

Si nous le retrouvons en vie, je devrais ordonner son interrogatoire et… questionner Adèle. Cette dernière partie, je me la réserve. Hors de question que l'un de mes compatriotes s'en charge. Me souvenir de la façon dont Jurgen l'a empoignée hier me rend dingue… Mes poings me démangent. Je chausse mes bottes.

Endormie dans le désordre des draps, elle ne se doute pas que je l'observe. Quelles pensées naviguent sous ces paupières closes ? Son visage plongé dans les songes ne m'apprend rien ; sinon qu'elle me fascine et qu'elle m'attendrit.

Ma toilette est sommaire. Je me rince le corps en vitesse, et l'eau qui fuit par le siphon emporte avec elle les derniers effluves de cette nuit. Après avoir appliqué ma pommade cicatrisante sur ma brûlure, ce qui reste toujours pénible, je me brosse les dents, pressé de retrouver mon apparence martiale. Cheveux plaqués en arrière avec de la gomina, coup de rasoir sur les joues, parfum citronné, je réajuste les pans de ma veste militaire et les insignes qui ornent mon col.

Le regard glacé de mon reflet me juge sévèrement.

À mi-chemin dans le couloir j'entends le salut dynamique de Acker. « *Heil Hitler* » !

Je presse le pas pour dévaler les derniers degrés et je me plante devant Acker qui raccroche le combiné. Il se retourne, me salue avec les égards qui me sont dus. Je le coupe avant qu'il ne claque des talons :

— Qui était-ce ? La *Kommandantur* ?

— Le lieutenant Hilm vous attend. Sans attendre. Il a dit immédiatement.

Ce dernier mot me pique au vif. *Immédiatement !* Pour qui se prend-il ? Je n'obéis qu'à ma hiérarchie. Ce sagouin n'a aucune légitimité pour m'imposer quoi que ce soit.

Je sais cependant que cette fois, je ne suis pas en position de force.

Si j'étais raisonnable, j'essayerais d'amadouer cet individu. Mon orgueil s'y refuse.

Je hausse un sourcil.

— Est-ce que la situation a évolué ?

— Pas que je sache. Et… euh, eh bien, si je peux me permettre, mon lieutenant, votre chemise est très froissée. Ce n'est pas réglementaire.

Il n'a pas tort ; mais je ne suis pas d'humeur conciliante.

— Est-ce que je vous ai demandé un avis ?

— Non, mon lieutenant.

— Parfait. Donc c'est que je n'en ai nul besoin. Et pour votre gouverne, nous sommes en guerre. J'ai d'autres préoccupations que le repassage.

— Oui mon lieutenant.

— Nous serons à la *Kommandantur* pour huit heures trente.

— Mais, mon lieutenant…

— Faites donc chauffer le café. Il est à peine huit heures. Et je ne pense pas que Hilm disparaisse dans la demi-heure… bien dommage, cela dit !

Vautré dans *mon* fauteuil, Hilm rugit à mon entrée.

— Aaaah vous voilà ! Est-ce que vous avez du mal avec les horaires, lieutenant Sieber ? Et avec le repassage aussi visiblement…

— Et vous, un problème avec le sens de la hiérarchie ? Allons droit au but. Comme vous le savez, j'ai du travail et pas beaucoup de temps à vous consacrer. Je vous écoute.

— Du travail ? Si vous aviez bien travaillé, Sieber, la situation ne vous aurait pas échappé. Je vous informe que je suis chargé de l'enquête sur la tentative d'assassinat dont vous avez été victime hier soir. L'affaire est grave.

— Naturellement, l'affaire est grave. Je le sais, je suis le premier concerné.

— C'est tout à fait ça. Le premier concerné, ricane le gestapiste.

Fouetté par son sarcasme, j'essaye de me dominer pour ne pas éclater en imprécations.

— Et c'est pour me dire ça que vous vouliez me voir ? questionné-je avec hauteur. J'ai bien fait de ne pas accourir quand vous avez eu le culot de me l'ordonner.

Hilm vocifère :

— Changez de ton avec moi, Sieber ! Il va falloir vous expliquer.

— Il n'y a rien à expliquer ; reste à retrouver ce terroriste. Au vu de sa blessure, c'est une question d'heures. Il doit être mort ou mourant. J'ai visé le ventre.

— Nous verrons. S'il lui reste un souffle de vie, je saurai le faire parler.

— Parfait, dis-je d'un ton impassible tandis qu'une sueur froide coule dans le creux de mon dos.

Si le fugitif donne le nom auquel je pense…

Hilm a flairé mon appréhension ; il exulte et pointe son index dans ma direction :

— Croyez-vous qu'il ait des complices ?

— Pas certain.

— Pourtant, les témoins sont formels : une femme a crié *avant* les coups de feu ! N'est-ce pas ?

— Effectivement.

— Et nous savons ce que cela signifie : une civile dehors, pendant le couvre-feu. Et informée de ce qui allait se produire.

— Où voulez en venir ? m'impatienté-je.

— J'y viens. Cette femme, suspecte, vous ne l'avez pas arrêtée ni même interrogée. Non ; vous l'avez tout naturellement fait monter dans votre voiture. Surprenant. Le caporal Wringler ne se l'explique pas. Pourquoi emmener avec vous la complice du criminel ?

— Vous faites fausse route. Elle m'a sauvé la vie.

— Vous êtes d'une bêtise confondante Sieber. Il ne vous est pas venu à l'esprit qu'elle était de mèche avec les criminels ? Avec ce tueur d'Allemands ? Sinon, que faisait-elle là ?

Je n'ai pas de réponse.

Hilm gigote dans mon fauteuil, et son regard pétillant de haine perce le brouillard de ses lunettes sales :

— Vous avez perdu votre répartie Sieber ? Est-ce que c'est parce que vous portez une affection particulière à cette femme ? Il s'agit bien de la fille de votre logeuse, n'est-ce pas ? Adèle Delestre ? Entendre son prénom dans cette bouche détestable me fait bondir. Mon rythme cardiaque s'emballe, et cela n'échappe pas au fin limier qui me scrute.

— J'ai touché juste. Vous couchez avec elle…

Remarquez, tant mieux pour vous. Vous en aurez profité avant qu'elle ne soit abîmée. L'essentiel c'est que cela ait été purement hygiénique. Vous le savez comme moi, fréquenter une terroriste est assimilé à de la haute trahison.

La menace me fait perdre toute retenue ; je siffle les mots qui me brûlent la langue.

— Que ce soit clair, Hilm. Nous avons le même grade. Je n'ai pas à me justifier de quoi que ce soit auprès de vous. Vous n'avez pas à me convoquer comme un vulgaire soldat. Quant à l'enquête, menez-la comme vous l'entendez, mais je vous préviens, si vous approchez de la famille Delestre, je saurai faire tomber votre tête.

— Vous me prévenez ? Comme vous y allez ! Vous seriez prêt à faire obstruction à l'enquête pour protéger votre putain ?

Je me fends d'un pas en avant et jette mes deux poings sur le bureau. Des piles de feuilles s'écroulent au sol.

— Plus jamais ce mot ! Ne l'appelez pas comme ça ! Ordure, sale pourceau !

— Bon Dieu Sieber ! Mais dans quel état vous vous mettez ! Tout ce cirque pour une… putain.

Un silence glacial nous enveloppe, je le transperce de mon regard.

Il se tasse dans le fauteuil, mais sa bouche s'entrouvre encore une fois :

— A-t-elle tellement de talent pour vous rendre si bête ?

Mes poings frémissent contre le bois du bureau, encore retenus par une mince volonté de garder le contrôle, mais l'insolent poursuit son glapissement :

— Posez-vous au moins cette question : pourquoi était-elle dehors, après le couvre-feu, et justement à cet endroit ? Fréquenter des Françaises n'est pas recommandé. Seules les professionnelles sont les bienvenues, vous le savez comme moi. Tant que ça reste une affaire d'argent, tout est sous contrôle. Contentez-vous de vos virées au bordel avec le capitaine Shroden, et tout ira bien.

Son petit discours m'ulcère, je rêve de lui écraser la face avec mes poings, mais je ne dois pas le laisser deviner l'étendue de mes remords et de mes doutes.

Je soupire avec mépris, sans le lâcher du regard.

— Nous avons des recherches à coordonner, Hilm. J'aimerais autant qu'on s'y mette sans tarder.

Sans attendre de réponse, je contourne mon bureau. Il se redresse, sur la défensive, prêt à répondre à un coup qui ne vient pas. Je récupère ma place. Je me laisse choir sur l'assise, une cigarette coincée entre les lèvres. Le tabac s'embrase, la nicotine descend dans mes poumons et j'exhale un fin nuage de fumée grise, tout en observant la carte murale placardée devant moi.

— Qu'en est-il ? demandé-je sèchement.

— Les bois au nord-est vont être ratissés, ainsi que toute cette zone alentour, crache Hilm. C'est par là que le terroriste a dû s'enfuir. Nous avons retrouvé des traces de sang. Les maisons environnantes ont été fouillées sans résultat.

Malgré mon air impassible, je réfléchis à toute allure, masquant ma panique intérieure par un tapotement de ma cigarette contre le rebord du cendrier qui traîne devant moi :

— Je m'en occupe. Je vais coordonner cette traque.

— Inutile de vous donner cette peine Sieber. J'ai déjà donné des ordres. Une trentaine d'hommes va s'en charger, et je vais suivre les avancées de près.

— Bien. Bonne initiative. Je prends la suite.

— J'ai le commandement sur ce dossier.

— C'est mon secteur.

— Mais, j'ai été missionné…

— Nous serons deux. Et c'est non négociable. Puisque comme vous l'avez si bien dit, je suis le premier concerné.

Hilm ne réplique pas. Après tout, nous sommes de grades égaux. J'écrase mon mégot avec plus de force qu'il ne faudrait.

— Eh bien ! Allons fouiller ces bois ! m'exclamé-je en me relevant.

Nous nous répandons sur la campagne environnante comme une nuée d'insectes. En voiture, en camion, à moto, à pied. Tous les hommes sont déployés sur la zone délimitée. Descendu de voiture, je m'engage dans cette marée verte de gris, emporté par mes grandes enjambées. Je me retiens de courir. Une seule idée m'anime : débusquer mon assassin avant mes hommes. Dans la pénombre du bois, mon revolver à la main, je suis le sentier détrempé, bordé par une étendue ondoyante de fougères. Quelle est la probabilité que je retrouve le fugitif en premier ? Nous sommes si nombreux, les fantassins, les maîtres-chiens, la Gestapo. Encore faudrait-il que notre proie soit bien là, dans ces bois… J'enjambe un trou boueux. Les troncs gris se confondent avec les uniformes. Soudain, quelque part dans ce labyrinthe végétal, résonnent les aboiements d'un chien. Puis un cri, des exclamations. Je ne retiens plus mes pas, je cours vers ces rumeurs, sautant par-dessus un gouffre épineux, je remonte le sentier de glaise en m'agrippant aux branches basses des arbustes. En haut du raidillon, dans une mare d'eau croupie, un corps flotte. Hilm aboie ses ordres : le cadavre est tiré vers la berge et repêché. Je me précipite, empoigne le tissu trempé du vêtement. D'un coup de botte, je le retourne. Face vers le ciel. Le visage est bouffi, les lèvres éclatées et la peau fripée. L'état du corps ne laisse aucun doute ; il trempe là depuis de longues heures.

Hilm ne cache pas sa déception, ses imprécations accompagnent le macchabée qui est traîné jusqu'aux camions garés en amont. Un cadavre n'a plus grand intérêt, si ce n'est celui de clôturer l'enquête. Pour moi, le soulagement a laissé place à l'amertume. Le danger écarté, je réalise ce qui vient de se passer. Ma déloyauté envers ma Patrie me revient en pleine figure, et une vague de dégoût me traverse. Si ce terroriste n'était pas déjà mort, je l'aurais abattu sans hésiter.

Pour qu'il se taise.

Pour la protéger.

CHAPITRE 22

Adèle

J'enchaîne les fausses notes et les ratés. Je peste et je marmonne. Cette partition, je la connais si bien ! Je recommence au début de la portée, décidée cette fois à me concentrer. En vain. Rien ne me peut me faire oublier la nuit passée, et surtout pas quelques exercices de solfège. Les sensations se bousculent en moi, et elles n'ont rien de cérébral. Je sens le relief dur de son torse, le métal froid de sa plaque qui chatouille mon cou, la tiédeur de son souffle qui me dévore. Je suis anesthésiée.

Le sort de Pierrot devrait me préoccuper, mais je n'y pense guère, obnubilée par ces souvenirs qui planent sournoisement dans le tréfonds de mon ventre. Je gigote sur mon banc et un tiraillement me rappelle ce qu'il m'a pris. Mon égoïsme et mon vice sont pathologiques.

Et puis soudain la porte claque, et l'une des voix masculines qui retentit me fige le cœur. Il est là, derrière moi, je le devine. Je continue d'enchaîner les fausses notes jusqu'à ce que je croise le regard bleu qui se plante au fond de mes yeux. Il s'accoude au piano pour m'écouter jouer, et une douleur foudroie ma poitrine. Je me déteste. Je le déteste.

Je rabats le couvercle sans douceur pour témoigner de la colère que je ressens à son encontre, et surtout à la mienne.

— Madame Delestre n'est pas là ? s'enquit-il avec une douceur qui contraste avec sa raideur toute militaire.

— Non. Elle est sortie.

J'esquisse un mouvement pour me relever, mais il me fait signe de la main pour m'en dissuader.

— Reste assise.

— Pourquoi ? dis-je en me relevant.

Il essaye de ne pas me sourire, je sens bien qu'il est pétri de contradictions et dévoré de remords. Tout comme moi. Je lève les yeux vers son visage traversé de multiples émotions.

— Ton ami est mort.

— Pie… ?

— Ne me dis pas son nom. S'il te plaît, enchaîne-t-il précipitamment.

J'encaisse la nouvelle avec un détachement qui me fait froid dans le dos.

Pierrot est mort, mais Heinz est vivant. Bien vivant devant moi. Puisqu'il ne devait en rester qu'un, je préfère que ce soit lui. Je suis monstrueuse. Son regard bleu me sonde, et à ma grande consternation, c'est tout ce qui m'importe.

— Parce que tu devrais répéter tout ce que je te dis ?

— Tout ce qui ferait avancer l'enquête, je devrai le mentionner, oui.

Son expression à la fois désolée et brûlante me propulse contre lui. Ouvrant les bras, il m'accueille et m'enlace, ses mains me serrent contre le feutre noir de sa veste militaire. Je laisse son parfum citronné embaumer mes narines. Des larmes embuent ma vue, sa croix de fer tremblote dans cette aura salée qui coule sur mes joues. Ses lèvres cueillent les miennes, goûtent le sel qui me noie, et je me nourris de sa tendresse, de la protection de son étreinte qui s'est refermée sur moi et m'empêche de dériver.

Un toussotement nous sépare.

Son ordonnance se tient là, sur le seuil, un air réprobateur sur son visage carré. Le lieutenant me relâche et ses mâchoires se resserrent. Il s'adresse sèchement à son subordonné, sans que j'y comprenne rien, ce dernier claque des talons et disparaît.

CHAPITRE 23

Heinz

Repoussant sur un coin de mon bureau le colis que ma mère m'a adressé, je m'attelle à étudier les courriers. Des liasses de lettres, sans grand intérêt pour la plupart. Ma corbeille se remplit à mesure que la pile diminue. Et puis, au milieu de ces torchons, j'identifie une directive adressée aux services de sécurité du *Reich*. Le destinataire de ce document n'est autre que Hilm. Mes yeux parcourent le feuillet en diagonale. Il s'agit de mesures de sanctions à l'encontre des Juifs de plus de six ans qui ne porteraient pas l'étoile jaune. Mal à l'aise, je relis une deuxième fois ce papier que je dois transmettre à mon collègue. Quand j'ai rejoint la *Wehrmacht* en 36, j'étais loin d'imaginer un jour devoir être confronté à de tels cas de conscience. Je me suis engagé, tête baissée, sans prêter foi aux remous antisémites qui agitaient la société, ne cherchant qu'à satisfaire à ce qui était attendu de moi, à me montrer à la hauteur des attentes. Je voulais contribuer au projet national, rendre sa fierté à l'Allemagne meurtrie, humilier ceux qui nous avaient humiliés, et éloigner les risques d'une révolution communiste. Je n'avais pas pensé que je serais amené à défendre un état criminel. Les Juifs ne sont pas une obsession pour moi. Ils m'indiffèrent. Je ne comprends pas pourquoi le régime leur voue une telle haine. Arrêter et déporter tous ces gens… dans quel but ? Qu'est-ce que des enfants de six ans ont-ils à faire dans de supposés camps de travail ? Mon esprit rationnel me met en garde : le *Reich* ne s'encombrera pas de bouches à nourrir. Les finances sont plombées par l'effort de guerre.

Et puis je me souviens fort bien de la grande offensive de l'été 41. Les odeurs me reviennent aux narines. Résine, fumée et charogne.

Je revois défiler devant moi, les civils apeurés, tenus en joue par les SS, je me repasse les rues en terre battue, écrasées de soleil et jonchées de cadavres, je revois aussi, à l'écart de ces hameaux, les clairières tapissées d'épinettes. J'entends le bruit des pelles et l'aboiement régulier des armes couvrir les pépiements des oiseaux. Les clairières d'Ukraine sont si lumineuses ; sans doute par contraste avec les branches serrées des sapins noirs qui les enserrent ; il est difficile de se convaincre de l'horreur quand l'endroit est beau.

Et pourtant, j'ai moi-même contribué à souiller ces terres. Le chef de la section SS m'avait demandé de sélectionner les Juifs parmi mes prisonniers de guerre et de les lui remettre.

J'ai tout d'abord refusé, avec l'arrogance qui est mienne, je l'ai renvoyé dans ses quartiers, lui faisant savoir haut et fort que je refusais de différencier les soldats, fussent-ils ennemis, et plus encore de les condamner à une mort certaine alors qu'ils étaient désarmés.

La réponse de ma hiérarchie ne s'était pas fait attendre : « Vous avez ordre de rester neutre dans cette affaire. ». Avais-je le choix ? Réfrénant mon orgueil — car à ce moment-là de ma vie, c'était bien cela qui me poussait dans chacun de mes actes — j'avais obéi. Ne pas avoir appuyé sur la gâchette n'est pas un gage d'innocence.

Ce jour-là, et les suivants, je fus ce que je suis toujours : un complice servile. Les SS ont fait leur sélection, et ont emmené les Juifs qu'ils avaient identifiés. Ils les ont conduits vers l'une de ces magnifiques clairières toutes proches, et nous avons tous su ce qui allait se produire.

Je tends le feuillet à ma secrétaire qui se lève pour venir le récupérer. Le papier est si léger entre mes doigts. Mais je n'ignore pas le poids de ces lignes.

— Vous le transmettrez à Hilm.

Elle acquiesce, je coince une cigarette entre mes lèvres, regrettant de ne plus être sous opiacés. Au moins une fois drogué, j'évitais de réfléchir.

— Est-ce que vous serez à la projection du réveillon, lieutenant ?

Surpris, je suspends mon geste. Elle qui n'avait jamais osé m'adresser un mot autre que nécessaire, la voilà qui souhaite savoir si je viendrai à la soirée organisée par Schroden pour fêter Noël. Le capitaine nous a déjà conviés à une célébration de la Saint-Nicolas, et j'en ai marre de ces festivités forcées.

— Je serai là, oui, évidemment.

Impossible de me défiler même si j'avais d'autres idées en tête.

— Et vous-même ? demandé-je par pure politesse.

Elle rougit.

— Oui, j'y serai aussi.

— Parfait. Nous avons encore quelques heures de travail devant nous… Alors, allez-y, apportez donc ce document à Hilm.

Elle obtempère et son regard appuyé confirme mes doutes. J'enflamme ma cigarette, contrarié par la découverte de son attirance envers moi. Je n'ai pas besoin de ce genre de problème.

La salle est plongée dans le noir. Le scénario du film est suffisamment insipide pour que ma concentration se reporte sur autre chose. Les souvenirs affluent… Ah ! Qu'ils sont loin, les Noëls festifs de l'enfance ! Disparus, envolés, broyés par l'implacable passage du temps et son cortège de désillusions. Ce qui me rend d'autant plus amer, c'est que, hasard du calendrier, je suis né une nuit de Noël. Longtemps, ce jour a été pour moi le plus attendu de l'année. Ce n'est pas ma sœur aînée, Christa, qui se montrait la plus envieuse de ce statut de privilégié, mais mes deux benjamins, Markus et Elisabeth, qui trépignaient de jalousie, lorsqu'ils découvraient la montagne de cadeaux qui m'était destinée. Immanquablement, je recevais des soldats de plomb et des chevaux tirant le canon, jeux qui convenaient à mon esprit belliqueux. Des heures durant, sans me lasser, je m'amusais à anéantir une armée de plomb. La famille défilait à la maison ce jour-là : oncles, tantes, cousins et grands-parents, les bras débordants de présents et de pâtisseries. L'odeur de la dinde rôtie mêlée à celle du délicieux *Christstollen*, ce gâteau dont nous raffolions tous, parfumait la maison jusque dans les étages. Les femmes dressaient une table chargée de saucissons grillés et de plats en sauce. Les enfants galopaient en bousculant les chaises pour poursuivre frères, sœurs et cousins, hurlant de rire. Le repas englouti, les hommes repus allumaient des cigares pour discuter de politique. Déjà on évoquait l'humiliation du traité de Versailles, la revanche qu'il faudrait asséner à l'Europe, et cette grande Allemagne qui verrait le jour. Hitler n'était pas encore au pouvoir que les esprits s'échauffaient quand on reparlait de la Grande Guerre. Les femmes, loin de ces considérations viriles, se rassemblaient dans la cuisine. De quoi bavardaient-elles ? Je ne le sais, notre troupe bruyante n'était pas admise dans leur cercle. Nous nous éparpillions dans le jardin saupoudré de blanc. À cette époque, j'aimais la neige, ce manteau de pureté déposé sur la ville en fête. La neige était poétique à mes yeux naïfs. Depuis la Russie, j'ai changé d'avis.

La lumière éclabousse la salle où nous sommes réunis. Le film est terminé. Petits fours et coupes de champagne nous attendent sur les tables recouvertes de nappes immaculées. Je me saisis d'une coupe, imitant mes collègues. Ma secrétaire m'adresse un petit signe de la tête, auquel je réponds sans enthousiasme.

Le capitaine lève haut son verre.

— À la gloire de l'Allemagne, à nos valeureux soldats, clame-t-il. *Heil Hitler* !

Et comme un seul homme, nous répétons ses vœux. Mon supérieur allume la radio et met le volume sonore à son maximum. La voix d'une cantatrice résonne dans le vestibule de la *Kommandantur* qui se charge d'un brouhaha indistinct. Nous buvons quelques gorgées d'alcool, puis le capitaine ordonne le silence pour *L'Émission circulaire*. Le principe de cette émission veut que le présentateur rappelle le nom de toutes les villes conquises dernièrement ; pour cela il fait le tour des différents fronts de cet empire formidable que le *Reich* se construit avec notre sang. « *Et voici, Narvik* ! », « *Et voici la Tunisie !* » Dans la radio, des soldats entament un chant patriotique que nous saluons d'applaudissements. « *Et voici Stalingrad !* » hurle le présentateur avec une énergie vorace ; « *Tout va pour le mieux sur les bords de la Volga !* » s'exclame-t-il.

Je manque de m'étouffer avec mon petit four. Tout va pour le mieux à Stalingrad ?! Cette annonce me paraît plus qu'optimiste, déraisonnable. Non, irrespectueuse. Mensongère !

Les oreilles emplies par l'interlude martial qui marque la fin du programme, la bouche pleine, je déglutis et je pars à la recherche d'un pichet d'eau.

Cette désinvolture me coupe l'appétit. Je me demande ce que Markus a pu se mettre sous la dent pour ce soir de fête… Une ration militaire ? Un bas morceau de cheval ? Une cuisse de chat errant ? Je me dégoûte.

Comment puis-je rester ici, et participer à ce ballet indécent ? Les mains s'agitent, empoignent le pain blanc, les bouches rient et déchirent les victuailles, les gosiers se gargarisent de vins et de champagne sans pudeur.

Plats à moitié vides, taches sur la nappe, miettes éparpillées : de la table joliment dressée, il ne reste rien.

Un à un les hommes repoussent leurs chaises, enfilent leurs manteaux et coiffent leurs casquettes. Le vin aidant, ils ont la plaisanterie facile, mais, malgré l'ivresse, tous gardent une once de lucidité. Le Conseil de guerre plane au-dessus de nos têtes.

On fusille à tour de bras : défaitisme, sabotage des ordres, lâcheté, désertion. Des termes génériques qui vont à toutes les situations.

Un mot de trop dans la mauvaise oreille suffit pour recevoir douze balles dans le corps. Quels que soient le grade ou les états de service.

Une main se pose sur mon épaule.

— Diriez-vous que vous passez une agréable soirée lieutenant ?

Ma secrétaire titube contre moi.

— Vous avez trop bu. Vous devriez rentrer, madame Kruber.

— Avec vous ? glousse-t-elle en s'accrochant à mon avant-bras.

La salle se vide peu à peu. Je la repousse sans douceur.

— Non. Ce sera sans moi.

— Mais… comment je vais faire ?

— Vous n'avez que quelques marches à grimper.

— Noooon… Mais, vous allez me laisser remonter… toute seule ? hoquète-t-elle.

Je fronce les sourcils.

— Rentrez dans votre chambre. Fermez votre verrou et dormez. Demain, quand vous aurez une bonne migraine, vous me remercierez.

Comme elle essaye de se pendre à mon cou, je lui attrape les poignets pour l'en empêcher.

— C'est à cause de la Française ? Vous n'aimez pas qu'une Allemande vous touche ? glapit-elle.

— Je n'aime pas les femmes ivres, un point c'est tout.

— La Française ne boit pas ?

Elle a parlé assez fort pour que certains se retournent vers nous. Je la foudroie d'un regard glacé tout en reculant d'un pas.

— Cessez ce petit jeu. Regagnez votre chambre. C'est un ordre.

— Vous me le paierez lieutenant, vous savez qu'une femme… qu'une humilia… une humiliation… une femme humiliée…

— Votre chambre.

Elle esquisse une grimace. Je la fais pivoter. Elle rumine quelques mots incompréhensibles, mais docile, s'engage en direction de l'escalier menant aux combles, où est située sa chambre.

Je la suis du regard. Voilà pourquoi je préfère rester sobre. L'alcool fait perdre toute prudence.

Après avoir récupéré mon colis que je cale sous le bras, je hèle Acker. Comme d'autres, il n'a rien perdu de la scène.

En silence, il me précède jusqu'à la voiture, m'ouvre la portière et je me glisse dans l'habitacle.

— Évitez de me diffamer ou de propager des rumeurs sur mon compte, Acker, le sermonné-je. Je veux pouvoir compter sur vous et je déteste le défaut de loyauté.

Il tourne la clé de contact, et j'entends le vrombissement du moteur avant qu'il ne daigne me répondre.

— Mais je suis un soldat loyal, mon lieutenant. Vous pouvez en être assuré.

Loyal… envers qui ? me demandé-je.

Est-ce une menace à mon encontre ? L'avertissement sourde sous son ton inexpressif. Il me juge, cela je l'avais compris. Mais le fait même qu'il ait parlé de ma vie privée avec ma secrétaire me crispe. Pour une des premières fois de mon existence, je n'ai pas de répartie à opposer. Je suis le supérieur hiérarchique de cet homme, il vient de me répondre avec une insolence inadmissible, et cependant mes torts m'interdisent de répliquer. Rien ne justifie d'entretenir une relation affective avec l'ennemi. Car si la France est occupée, nous savons tous que la guerre n'est pas encore gagnée. Moi qui ai toujours voulu me montrer irréprochable, je n'ai aucune excuse pour cette liaison.

— Parfait, Acker, je n'en attends pas moins de vous, dis-je pour avoir le dernier mot malgré tout.

Mais dans le rétroviseur, son visage se pare d'un rictus qui me révèle ses pensées. Il me méprise.

La berline s'enfonce dans la nuit.

Les virages se succèdent.

Dans quelques heures, le jour se lèvera sur ce qui sera peut-être mon dernier anniversaire. Inutile de s'inventer un avenir qui n'existe pas, je préfère la lucidité.

Ce soir est mon vingt-huitième anniversaire. Pour certains, en d'autres temps, en d'autres lieux, un âge prometteur. Avec mon gant de cuir, je frotte la vitre embuée et plonge mon regard dans la nuit dépourvue d'étoiles. Aucun scintillement n'allume l'obscurité, et mon regard se perd dans cette masse inerte et sombre dépourvue d'horizon.

La voiture quitte le goudron et s'engage dans l'allée semée de gravillons. Des rectangles de lumières vives s'échappent des fenêtres pour marquer leurs empreintes nettes sur les massifs de rosiers qui bordent la façade. En ouvrant la porte qui donne sur le vestibule, j'entends tinter les couverts. Je suspends mon avancée. Acker s'est arrêté lui aussi. Est-il pris par le même rêve que le mien ? Celui de pousser cette porte close, et de contempler un semblant de vie normale. Regarder, même sans y participer, sans être vu, des gens qui fêtent Noël en famille.

En fait mon ordonnance paraît plutôt ennuyée. Puisque je m'arrête devant lui, les convenances l'empêchent de me bousculer pour monter l'escalier. Je m'écarte et je lui fais signe de monter. Il ne se fait pas prier et de son pas lourd, grimpe un à un les degrés.

Quant à moi, resté seul dans le vestibule glacial de cette maison qui m'est à la fois familière et étrangère, j'écoute sans la comprendre la conversation de mes hôtes. J'entrouvre mon carton de friandises, j'en grignote une ou deux machinalement. Un rire délicieux roule jusqu'à moi. Le sien, à elle. Bêtement, cela m'émeut. Je secoue la tête, me traitant intérieurement d'idiot. Bien sûr, je ne suis pas à plaindre, c'est moi l'envahisseur. Et pourtant, ce soir, je ne souhaite rien de plus que partager un peu de chaleur humaine… J'ai envie de la voir, de lire son affection dans son beau regard brun. Son affection ? Son amour ? Non, non, surtout pas. Son désir suffira. N'y tenant plus, mes doigts se posent sur la poignée que j'hésite à enclencher. Finalement, d'une pression, j'ouvre le battant.

Un feu crépite dans l'âtre et avive les lumières des appliques qui éclairent le dîner de cette famille réunie. Ou tout du moins, de ce qu'il reste de cette famille, c'est-à-dire des femmes et un vieillard à moitié endormi. Les hommes sont absents, aspirés par la grande machine de guerre. La conversation s'est interrompue, les regards stupéfaits sont braqués vers moi. J'hésite à faire un pas en avant. Je vais gâcher leur moment. Mais Adèle aussi me regarde, et avec une telle intensité que je me sens incapable de reculer.

CHAPITRE 24

Adèle

— Je vous souhaite un bon réveillon. Est-ce que je peux ajouter ma présence à la vôtre ?

Aucune réponse, aucun mouvement ne fait écho à sa demande. Le crépitement du feu répond aux bruits de pas qui résonnent au-dessus de nos têtes. Le lieutenant demeure là, dans l'embrasure de la porte, sanglé dans son uniforme noir, la casquette vissée sur ses cheveux bruns, l'air à la fois menaçant et perdu.

L'alcool me rend audacieuse, j'ancre mon regard dans le sien, mes lèvres s'étirent sur un sourire. Je l'encourage, et je ne devrais pas. Réceptif à mon invitation, il investit la pièce tandis que je continue insolemment de le dévisager.

Sans demander d'autre autorisation, il prend place à l'extrémité de la tablée et dépose devant lui le carton qu'il portait sous le bras.

— J'apporte des friandises pour Noël, annonce-t-il.

Sa voix résonne dans notre silence. Ma tante se tortille sur sa chaise, au comble du malaise tandis qu'il déballe le contenu de son colis, extirpant du carton barres de nougat, berlingots et pots de miel.

Ma cousine lorgne ces douceurs avec envie, honteuse lorsqu'elle ouvre sa paume à l'officier qui y place une poignée de bonbons colorés. La fillette croque et le sucre craque sous ses dents.

C'en est trop pour ces dames.

— Il est tard et nous avions fini, tranche Maman qui torture sa serviette qu'elle finit par jeter en bouchon sur la nappe.

Le lieutenant hoche la tête, sans cesser de me sourire.

— C'est légitime. Vous ne voulez pas d'un intrus à votre table.

— C'est seulement que nous avons terminé de dîner, riposte ma tante d'un ton aigre.

— Et moi je voulais seulement souhaiter un joyeux Noël à votre famille.

— Les circonstances ne s'y prêtent pas, rétorque Maman.

— Les circonstances sont difficiles pour tout le monde, Madame.

Mon oncle a le menton qui tremblote, mais il reste silencieux, tout comme mes tantes et Maman qui ne peuvent pas se permettre de répliquer. Lèvres pincées, elles se lèvent toutes les trois, imitées par ma cousine qui, par solidarité, affiche la même figure fermée. Toutes les quatre, elles rassemblent verres et ramequins sur des plateaux. Leurs mains sont maladroites, deux verres se heurtent et un fond de vin se renverse sur la cuisse de l'oncle Ernest qui s'appuie en pestant sur sa canne pour se relever. En un clin d'œil, le salon se vide, et je reste seule, face au lieutenant. Je ne vois de lui que ce regard qui m'envoûte et je me laisse séduire par ce sourire qui en dit long. Oubliés la tête de mort, la croix de fer, les revers sombres de sa veste. Je flotte dans un brouillard délicieux. Nos doigts s'effleurent par-dessus la table, et ce contact achève de me perdre.

Quelque part, une voix féminine perce ma conscience. Oui, je sais ce qu'on attend de moi. Je sais aussi que je vais déclencher un scandale qui me poursuivra longtemps. Mais ce soir, l'alcool aidant, je refuse d'obéir. Je me fiche de déplaire. Qu'importe les conséquences. Ces minutes sont à moi, sont à nous, et je me laisse dévorer par le feu qui brûle dans le glacier bleu de ses iris.

La sonnerie stridente du téléphone interrompt notre jeu. Le lieutenant retire sa main à l'instant où son ordonnance entre dans la pièce. Ils échangent de brèves paroles, le lieutenant se lève et je l'entends qui parle au téléphone, derrière la cloison. Dans sa langue.

Maman bondit vers moi.

— Mais enfin, es-tu folle ?

Je la nargue d'un sourire négligent, mais au fond de moi, je sais qu'elle a raison. Je suis en train de dériver et je ne sais plus à quoi me raccrocher. La seule attache qui me semble solide dans ce monde, c'est lui, la détermination de son regard, la force de son étreinte. C'est vraiment ridicule ; je le sais, et pourtant je suis en train de tomber amoureuse.

— Tu me fais honte ! Mais enfin qu'est-ce qui t'arrive ?

Maman m'invective à voix basse, tout en rangeant tout ce qui était resté sur la table avec une nervosité grandissante.

J'essaye de me ressaisir, mais je n'arrive pas à répliquer. Je n'ai pas envie de mentir ni de me défendre.

— Je t'interdis de le regarder comme ça, tu m'entends, plus jamais !

Maman m'attrape par les épaules et me secoue avec véhémence :

— Ne le considère pas comme un homme, Adèle, c'est un tueur. Un tueur, tu entends !

— Comme papa ?

La gifle qu'elle m'assène me brûle la joue. Elle-même paraît surprise par sa propre envolée de colère, mais la déception se peint sur ses traits sévères.

— Tu ne l'auras pas volée celle-là ! Sotte ! Dévergondée !

Sa voix siffle à mes oreilles, et pourtant elle prend bien soin de ne pas crier, pour ne pas alerter les invités qui sont réfugiés dans la cuisine. Incapable de supporter davantage ses remontrances, je me dégage d'un mouvement sec de l'épaule et je la plante là.

La nuit est froide. Ma joue chauffe. Une claque ! Elle a osé ! L'humiliation me donne envie de pleurer, et pourtant je l'ai méritée, j'ai été trop loin. Comparer papa à un officier allemand n'était pas du meilleur goût, mais comme souvent mon impulsivité l'a emportée. Après tout, ce sont des soldats, tous les deux. Ils tuent sur ordre. Je me masse la joue tout en descendant les marches du perron. Devant moi, les cimes des arbres se soumettent aux inflexions du vent glacé qui s'infiltre sous le velours de ma robe.

Pour lutter contre le froid, je fais quelques pas. Les éclaboussures de lumière qui tombent des fenêtres éclairent la pelouse. Un point incandescent attire subitement mon attention, je n'ai guère besoin de forcer sur ma vision pour deviner que le lieutenant est posté sur le perron. Il me surplombe et fume en m'observant. Je serre les bras sur ma poitrine, le visage planté vers lui.

— Tu vas être malade, me fait-il remarquer de sa voix posée et bien timbrée.

— Tant pis, marmonné-je. J'avais besoin d'air froid.

Sans me répondre, il dévale l'escalier.

Sa haute silhouette m'effraye, les mots de Maman me reviennent en pleine figure plus sûrement que la claque qu'elle m'a infligée.

Un tueur. Non, non. Je me corrige mentalement. Un soldat.

Tout se mélange dans ma tête, et l'alcool ne m'aide pas à avoir les idées claires.

— Je crois que je… je vais rentrer me coucher.

— Pourquoi ?

— Parce que c'est une mauvaise idée de…

— Discuter ? propose-t-il en jetant sa cigarette consumée dans les gravillons.

Son corps fait rempart au vent, il me réchauffe sans avoir besoin de me toucher.

Son profil est tendu vers les ténèbres, et il soupire, exhalant une haleine nerveuse, imprégnée de tabac et de sucre.

— Je n'ai pas de bonnes nouvelles. Les choses vont se compliquer de manière très sérieuse pour nous.

— Nous ?

— *Also*… Je veux dire, nous, les Allemands, corrige-t-il.

— Ah.

Est-ce que je suis… déçue ? C'est stupide, mais j'avais espéré que ce « nous » se réfère à nous deux. Lui et moi contre le monde. L'intimité physique que nous avons partagée m'a laissé imaginer que nous avions une connexion spéciale…

Quelle stupidité ! La seule entité à laquelle il se rattache, ce sont ses compatriotes. Ce constat sans appel m'exclut définitivement de sa vie.

— Le mari de ma sœur, Otto, est en poste à Paris. Il a accès à des renseignements fiables. Ce qu'il vient de me dire confirme ce que je déduisais. Attaquer l'Est était un calcul risqué et…

Dans sa posture raide, mains dans le dos, il s'interrompt. Il hésite à se confier à moi, et ce nouveau signe de défiance me blesse bien davantage que je ne l'aurais cru. Les sifflements du vent comblent notre silence qui s'éternise tandis que je maudis ma naïveté.

— Il y a de plus en plus de rumeurs défaitistes, lâche-t-il brusquement. Et ces rumeurs sont fondées. La VIe armée est prisonnière de Stalingrad. Les avions ne ravitaillent plus. Le temps est mauvais. Il n'y a plus de pont aérien. Alors… pas de nourriture, pas de médicaments, pas de munitions ni de carburant… ! Que font les soldats sans artillerie et sans essence… ils sont condamnés.

Ils vont tous mourir.

L'état-major les sacrifie.

Son timbre agressif baisse sur ces derniers mots, comme s'il craignait que quelqu'un puisse nous épier, ici dans cette allée déserte et recouverte par la nuit. Absurde. Mais tout comme lui, je sens instinctivement le danger qui rôde.

Officier ou pas, sa liberté de parole est restreinte. Il est sans doute à la fois le rouage et l'esclave de la diabolique machine d'asservissement mise en place par son *Führer*. Pourtant, quelle que soit sa position dans ce chaos, je ne parviens pas à m'attendrir. Je refuse de le considérer comme une victime.

— Mon frère est là-bas.

La douleur qui sourde de son aveu m'ébranle.

Les questions théoriques me paraissent bien vaines tout d'un coup, je ressens son inquiétude avec une telle intensité que je me mords la joue jusqu'au sang.

Avec la raideur que lui impose sa brûlure, il tourne son visage vers moi, mais je m'enferre dans un silence buté.

— Ach… Cette ville était stratégique. Nous allons la perdre. Et les choses qui vont subvenir après cela vont nous rappeler chacun à quel peuple nous appartenons. Deux peuples ennemis.

— Ennemis… pour le moment, nuancé-je. Plus tard, un jour…

Avec une douceur mesurée, il attrape mon menton et l'incline de façon à ce que je relève mon visage vers le sien.

Dans le clair-obscur qui joue sur ses traits, ses iris clairs me fixent. Incapable de résister à la pression glacée de ses doigts, je me laisse manipuler. Son souffle frôle mes lèvres, son front s'appuie contre le mien et son désarroi me chatouille les lèvres.

— Un jour ? Qu'en saurons-nous ? La règle est facile : il n'existe pas de plus tard. Les soldats ne vivent pas vieux. Ni moi, ni mon frère, ni les autres. Les mauvais ou les braves, qu'est-ce que cela change ? Un jour, oui, la terre couverte de sang sera lavée par la pluie. Personne ne pensera plus à ceux qui sont morts pour obéir à leur Patrie. Mais en attendant…

Sa phrase suspendue, il fond sur mes lèvres.

CHAPITRE 25

Heinz

Je ne savais pas que le désir pouvait rendre si faible ni qu'il aurait pu me pousser à tant d'égoïsme. Avant, je me sentais complet, maintenant j'ai besoin d'elle auprès de moi. Je sais, c'est ridicule. Mais plus je lutte contre cette inclination, plus elle prend de la place dans ma vie.

J'entre dans le salon sans prendre le temps d'ôter ma longue capote d'officier. Assises côte à côte au-dessus de l'âtre, Adèle et sa mère font griller des marrons. Elles sont proches à se toucher.

Pourtant, mon intuition me crie que ce tableau est trompeur : un fil invisible les sépare ; dès que l'une s'approche ; l'autre, dans un mouvement inverse, s'éloigne d'autant. Le silence pesant qui les environne n'est troublé que par les craquements de la bûche qui se consume. Je toussote dans mon poing pour signaler ma présence. Dans un mouvement semblable, les deux femmes pivotent vers moi. Adèle tient une assiette remplie de marrons entre ses jolies mains. Je retire ma casquette mouillée de pluie, la coince sous mon bras, et de mon autre main, je lisse nerveusement mes cheveux gominés. Je concède une brève inclinaison du buste en guise de salutation.

— Bonsoir Madame. Mademoiselle.

Adèle s'empourpre, mon cœur s'emballe contre mes côtes. Cette femme est magnifique, et je vais gâcher son avenir. J'essaye de me persuader que la décision que je m'apprête à lui signifier est un bienfait pour elle. Ne vais-je pas la libérer de l'emprise austère de sa mère ? Je sais que rien n'est plus faux. Je m'apprête seulement à la déraciner, et à la projeter dans un univers plus violent encore.

Et si elle refusait ma proposition ?

Du coin de l'œil, je mesure toute l'hostilité de madame Delestre qui me toise, mains plaquées contre son collier de perles. Toutes deux attendent que j'explique mon intrusion dans ce salon qui, malgré tout, n'est pas le mien. Je n'ai pas l'habitude d'être hésitant, et pourtant je demeure muet, pétrifié par le doute. Est-ce que je n'aurais pas dû attendre la nuit, lui parler en tête à tête ? Mais je dois la contraindre à prendre position. À assumer le choix qu'elle fera, quel qu'il soit. Je plante mon regard dans le sien.

— Mon travail ici est terminé. J'ai reçu une nouvelle affectation.

Le doux visage d'Adèle se décompose. L'assiette tremblote entre ses doigts. Je laisse son regard courir sur moi, la gorge nouée.

— Partir… et quand partez-vous ?

Son interrogation épurée flotte autour de moi. J'ai de la peine pour elle, mais égoïstement aussi, je ne suis pas fâché de sa réaction.

— Demain.

— Oh.

— Je suis muté à Paris.

Une once de soulagement détend ses traits, tandis que son regard brun reste arrimé au mien. A-t-elle, durant ces minuscules secondes, imaginé que je retournais au front ? A-t-elle eu peur pour moi ? Son inquiétude me transporte. Personne ne s'inquiète pour moi depuis bien longtemps.

Nos regards se chargent de mille mots, mais une voix aigre vient interrompre notre échange muet :

— C'est très bien, lieutenant. Notre cohabitation forcée va donc cesser.

Je pivote vers madame Delestre et j'acquiesce froidement à son intervention.

— Je comprends que ma présence était pénible pour vous, madame. Je n'apprécie pas non plus m'insérer chez les habitants.

— C'est donc réciproque, grince mon hôtesse.

— Et pourtant… même dans le négatif, il existe de bonnes choses. Il arrive que de belles rencontres naissent dans des circonstances mauvaises.

— De belles rencontres ?

Pour toute réponse, je me tourne ostensiblement vers Adèle. Éperdue, elle secoue la tête et serre les lèvres pour m'interdire de poursuivre. Son visage est si blême que je me demande si elle ne va pas s'écrouler sur le parquet. Fébrile, elle repose l'assiette sur le manteau de la cheminée.

— Adèle, dis-je — conscient que le simple fait de prononcer son prénom suffit à dévoiler la nature de notre relation —, je suis désolé, mais je n'ai pas le choix. J'ai pensé que… veux-tu venir à Paris avec moi ?

Si j'avais jeté une grenade explosive dans cette pièce, l'air n'aurait pas été moins saturé qu'à cet instant.

Statufiée, Adèle me lance un regard consterné.

Un coup d'œil de biais me suffit pour entrevoir madame Delestre qui, mains plaquées sur sa gorge, ouvre et referme la bouche à la manière d'un poisson hors de l'eau.

— Qu'est-ce que…, mais…, coasse-t-elle, enfin Adèle, qu'est-ce qu'il raconte ?

— Nous avons une liaison, dis-je pour couper court.

Stupéfaite puis scandalisée, madame Delestre se tourne vers sa fille, un poing sur une hanche :

— Mon Dieu ! Mais… au moins, j'ose espérer que l'irréparable n'a pas été commis… que ce… cet individu… n'a pas attenté à ton honneur… ? Adèle !

Ses iris ancrés aux miens, Adèle est cramoisie jusqu'aux oreilles.

— Adèle, que décides-tu ? la questionné-je.

Outrée, madame Delestre se dresse et pointe son index vers moi.

— Ne vous adressez pas à elle ! Ma fille n'a rien à décider et n'ira nulle part. C'est hors de question !

— Je m'adresse à qui je souhaite, madame. Vous ne pouvez décider ni de mes demandes ni de son avenir. *Also*… Adèle, que veux-tu ?

Son regard assombri témoigne que sa rougeur n'est pas liée seulement à la gêne, mais que c'est bien là l'effet combiné de la honte et de la colère. Elle déteste ma méthode, c'est certain, elle me déteste à cet instant, mais sur le fond… que pense-t-elle de ma proposition ? À dévoiler notre intimité de la sorte, je la compromets. Je ne lui laisse pas vraiment le choix. Notre relation révélée, si elle refuse de me suivre, sa mère lui fera vivre l'enfer. Je le sais, c'est assez malsain, mais la méthode est efficace. Je reste suspendu à ses lèvres, tout en m'efforçant de garder son regard captif du mien, pour l'empêcher de croiser celui de sa mère. Un petit soupir filtre entre ses mâchoires serrées :

— Je… j'accepte.

— De me suivre ?

— Oui… capitule-t-elle.

Ses mots éclatent dans mon cœur, un indicible soulagement m'envahit, je me retiens de ne pas réduire la distance qui nous sépare tant je suis submergé par une féroce envie de la prendre contre moi. Pour me calmer, je m'éclaircis la gorge.

— Très bien. Parfait. Je prendrai soin de toi. Tu me rejoindras dans quelques jours par le train. Le temps que j'organise ton arrivée.

— Que nenni ! C'est impossible ! Tu n'iras nulle part, ma fille !

— Je me passerai de ton autorisation, maman.

— Non ! Tu ne seras pas une catin à boches ! C'est hors de question ! Je te l'interdis !

— Tu n'as plus rien à m'interdire. Je suis adulte. Je fais mes choix.

— Cette scène ridicule : un choix ? s'insurge la mère bafouée qui lève une main menaçante, prête à gifler sa fille. Je me fends d'un pas en avant, je m'interpose entre les deux femmes.

— C'est un comble ! Te voilà défendue par un boche ! Persifle mon hôtesse dont le bras retombe sèchement contre son tailleur.

Un silence hostile empoisonne l'atmosphère. La mère épingle sa fille d'un regard venimeux.

— Petite sotte ingrate, siffle-t-elle. Ton père doit se retourner dans sa tombe. Tu veux partir… tu veux ruiner ton avenir… eh bien, fais donc, gâche ta vie. Mais ne t'avise pas de remettre les pieds ici. Jamais. Jamais plus.

Je me désole des larmes qui engorgent les yeux d'Adèle. J'aimerais revenir en arrière, ravaler mes mots et ne pas être le déclencheur de cette terrible dispute. Mais à la fois, je le sais, il existait entre mère et fille une fêlure profonde qui toujours ramenait Adèle à un état d'enfant soumise. Peut-être que je lui rends service en la poussant à s'affirmer. Ou peut-être pas.

CHAPITRE 26

Adèle

Malmenée par le flux des voyageurs qui se pressent vers la sortie, mon regard balaye les quais alentour. Un coup de sifflet domine le brouhaha puis le wagon que je viens de quitter s'ébranle dans un panache de fumée.

Me voilà à Paris. Ce train qui repart m'abandonne dans cette ville inconnue. Sans retour possible. Je serre la poignée de ma valise, dernière attache avec ce moi que j'étais, avec cette Adèle qui n'est plus. Tout est relatif et l'expérience est amère : mon bagage pèse lourd à mon bras, mais en vérité, il ne contient presque rien. Je le traîne jusqu'au bout du quai, là où le mouvement de la foule est ralenti. Hissée sur la pointe des pieds, je fouille les visages des civils, j'observe rapidement ceux des soldats qui, masqués par l'ombre de leurs casques, s'activent pour fouiller les bagages.

Soudain mon cœur s'emballe. Je le reconnais entre ses pairs. Peut-être parce que son uniforme est noir et non vert-de-gris, et puis sa silhouette est un peu particulière, haute et rigide. Après avoir brièvement discuté avec les agents de contrôle, il creuse un sillon à travers la foule. La distance qui me sépare de lui se réduit… En quelques foulées, il est planté devant moi. Un même sourire fond sur nos lèvres. Je brûle de le toucher, de sentir ses bras se refermer sur ma taille. Son regard azur s'attarde sur mes lèvres. Nous nous dévorons des yeux, mutuellement noyés par l'intensité de nos retrouvailles. Je n'oublie pas la façon cavalière avec laquelle il m'a forcé la main. Mais à cet instant, cela m'est égal. Peut-être a-t-il bien fait, d'ailleurs. Nos regards se détachent, et il me déleste de la poignée de ma valise. Nous traversons la foule qui s'écarte, et honte suprême, nous passons le point de contrôle sans nous arrêter. Personne ne se risque à émettre un commentaire, ni les civils, ni les soldats, mais la gêne me couvre les joues de rouge.

Le lieutenant marche d'un pas vif. L'entrée principale de la gare s'ouvre sur un boulevard encombré de bicyclettes et de vélo-taxis. Les façades des immeubles s'étirent à perte de vue. Au-dessus de cet horizon encombré de toitures d'ardoises, la pointe d'acier de la Tour Eiffel perce le ciel bleu. Je me sens déracinée, et à la fois terriblement libre. Un petit vertige me remue, une inquiétude mâtinée d'excitation qui me réchauffe le ventre. Ma vie m'échappe, mais j'en découvre aussi toute la saveur.

Le chauffeur descend de la berline militaire. Il se raidit dans un bref garde-à-vous avant d'attraper ma valise et la ranger dans le coffre. Sans un mot, le lieutenant m'ouvre la portière, je me glisse dans l'habitacle et il s'y introduit après moi. Le lieutenant. Pourquoi est-ce que j'ai du mal à le nommer par son prénom ? Même intérieurement, c'est difficile de briser cette distance conventionnelle. Stupide, quand je me rappelle ses mains sur moi. Une cascade d'images interdites dévale ma conscience.

La voiture s'engage dans des rues transversales, de plus en plus étroites. Le silence est de mise. Dans sa langue, Heinz — puisque je dois me résoudre à le nommer ainsi — donne des consignes à son chauffeur qui s'arrête sans couper le moteur.

Nous descendons devant une porte insignifiante. Où m'emmène-t-il ?

— As-tu fait un bon voyage ? me demande-t-il en cognant du poing contre le battant.

— Le voyage oui…

Lentement, il pivote vers moi et sa main gantée vient effleurer ma joue. Une vague de chaleur monte dans ma gorge. Je me tends vers lui, avide de retrouver son parfum citronné. Mais un grincement de gonds stoppe mon élan : la porte s'entrouvre sur une matrone en tablier. Je fais un pas en arrière, gênée d'avoir été vue si proche de l'ennemi, mais la femme ne me porte pas d'autre attention que celle d'une commerçante à l'égard d'une cliente. Elle s'efface et me fait signe d'entrer dans un étroit corridor parcouru de délicieuses odeurs de cuisson. Le couloir s'ouvre sur une vaste pièce ovale. Murs et sol sont recouverts de rouge vermillon, tentures et tapis se répondent, formant un flamboyant contraste avec le blanc lumineux des nappes et des serviettes.

Les clients, pour la majorité en uniforme, mastiquent le contenu de leurs assiettes en bavardant. Miches de pain à la croûte dorée, cuisses de poulet rôties, petits légumes en sauce, choux à la crème, tartelettes et chocolats encombrent les tables.

Plus improbable encore, des bouteilles de vin et d'apéritif trônent négligemment entre toutes ces victuailles d'un autre temps. La tenancière désigne une table située sous une fenêtre habillée de rideaux opaques, puis repart à la recherche d'un serveur.

J'ôte mon manteau.

Le corps ceint d'un long tablier blanc qui le recouvre du torse jusqu'aux chevilles, un serveur nous apporte une carte.

Je parcours sans y croire les lignes qui affichent tant de mets, et je me sens transportée vers ces jours de fête d'avant-guerre où l'on servait des plats de grand choix. Heinz capte mon air gourmand et ébahi ; il m'adresse un sourire.

— Ici ils fonctionnent sans tickets. Prends ce que tu veux.

— Je vais avoir du mal à me décider. Tout me fait envie ! Et toi ? Que prends-tu ?

— Rien, j'ai déjeuné au mess avec les officiers.

— Je ne sais pas si j'ai envie de manger seule.

— Tu ne seras pas seule, je suis là.

— À me regarder m'empiffrer ?

— Tembifrer ? *Was* ? Ce n'est pas important, j'aime te regarder.

Son aveu me fait rougir jusqu'à la racine des cheveux. Je ne peux m'empêcher de lui sourire, mais dans le même temps, je replonge le nez dans la carte qui me sert de paravent.

— Madame a fait son choix ? questionne le serveur, qui est planté là, carnet en main.

— Du… — je toussote pour m'éclaircir la voix —, du canard à l'orange.

— Et une bouteille de champagne, s'il vous plaît.

Je lève un sourcil étonné :

— De champagne ?

Mais le serveur griffonne déjà dans son carnet.

— Que fêtons-nous ? demandé-je lorsque l'employé s'est éloigné.

— Cette journée.

— Un jour après l'autre, c'est ça ?

— En quelque sorte. Les toujours sont trop improbables à notre époque.

Sur cette note déprimante, le champagne arrive, plongé dans un seau à glace.

En silence, Heinz remplit les coupes, et m'en tend une. Je trempe mes lèvres sans boire.

— J'aimerais que cette nouvelle année soit le début d'une autre vie, ce serait comme repartir à zéro pour que tout aille bien, soupiré-je.

Heinz m'adresse un sourire désolé qui fait plisser de petites rides autour de ses yeux.

— On peut faire comme si. D'accord. Trinquons à nous, puisque nous sommes tous les deux là aujourd'hui.

Les coupes s'entrechoquent. Le lieutenant boit une longue gorgée tandis que ma coupe tourne toujours entre mes doigts :

— Crois-tu que… que nous avons une chance de retrouver notre vie d'avant ?

— Avant ?

— Avant la guerre…

Il plisse des paupières :

— C'est ce que tu cherches ?

— Qui pourrait se satisfaire de… cette situation ? Oui c'est ce que je cherche, bien sûr. Évidemment. Retrouver la paix, la sérénité, la sécurité.

— Je comprends. Parce que pour toi, cette guerre est une rupture. Mais ce n'est pas mon cas. Je n'ai pas d'avant. Ma vie ne change pas de trajectoire. Aujourd'hui, hier, peut-être demain : c'est une suite logique. Une grande ligne droite, sans virage, sur laquelle je dois avancer.

— Et voudrais-tu changer de route ?

Il considère ma question, avec un petit sourire en coin. Je gigote sur ma chaise, tandis qu'il s'abîme dans un silence songeur. Le serveur interrompt sa méditation en annonçant le plat qu'il dépose devant moi. Du menton, Heinz désigne l'assiette fumante. Je m'exécute et commence à manger. Mon estomac se délecte.

— Je ne peux pas changer de route, Adèle, me dit-il en posant ses mots. Puisqu'elle a été tracée pour moi.

— Tu as bien modifié la mienne ? rétorqué-je entre deux bouchées.

Ma saillie ne paraît pas lui déplaire, ses pupilles bleues s'illuminent d'un éclat amusé. Il tire une cigarette de son étui. À travers l'écran de fumée, il m'observe.

J'ai bu beaucoup de champagne. Trop à vrai dire. Et cet excès auquel je ne suis pas habituée me donne de l'audace et l'envie de le contrarier. Comment peut-il rester impassible, fumer avec délectation, alors qu'il a bouleversé toute mon existence ? Gâcher ce moment effacera-t-il un peu de ma culpabilité et de mon angoisse ? Il se carre dans son assise, comme s'il devinait que je vais l'entraîner sur des pentes dangereuses. Et j'attaque fort.

— Ton père a combattu pendant la Grande Guerre ?

— Mon père était à l'état- major, pas dans les tranchées.

— Alors il a donné des ordres que d'autres ont exécutés…

Heinz hausse les épaules :

— On exécute tous des ordres.

— Et maintenant, ton père, que fait-il ?

— Rien de très original. Il fait la guerre. Dans les Balkans.

— Tout comme ton frère, à Stalingrad.

— Oui. Où va cette conversation… Adèle ? Je ne veux pas discuter de la guerre avec toi.

— Et pourquoi pas ?

— Tu ne comprends pas. Tu ne me comprends pas. La guerre ne s'explique pas avec des mots. C'est seulement une violence qui se vit. Tu ne peux rien faire… c'est seulement… comme ça. C'est une frontière invisible qui reste toujours entre nous. Alors, ne parlons plus de mon frère, de mon père ou de la Russie. Restons plutôt ici, tous les deux, dans cet endroit. C'est nécessaire de ne pas saboter notre discussion, tu comprends ?

— Saboter… toujours ton langage de militaire… Sortons. J'ai la tête qui tourne.

Nous marchons, le ciel d'hiver est d'un bleu limpide, à l'opposé du brouillard qui m'enveloppe. Au bout d'un certain temps, nous débouchons sur un jardin public planté de bassins à larges vasques tapissées de feuilles mortes. De rares promeneurs circulent dans les allées, plus ou moins indifférents aux bribes de musique qui s'éparpillent entre les squelettes des arbres. Abrités sous un kiosque, des soldats allemands jouent de leurs instruments pour une poignée de spectateurs qui se sont risqués à occuper les sièges disposés en rang. Un air grandiloquent embrase le parc.

— Wagner, me souffle Heinz.

Pour demeurer en retrait, nous nous asseyons côte à côte sur un banc de pierre.

Notre proximité relaie la musique au second plan. La bienséance nous interdit toute effusion, mais je le sens si proche et si distant à la fois... Sa présence m'envahit et me submerge. Lentement, mes doigts se tendent sur le froid rugueux de la pierre, s'avancent jusqu'à effleurer le cuir de ses gants. Il répond à mon approche. Ses doigts s'entrelacent fermement aux miens et diffusent une chaleur qui m'électrise.

La lourde porte du bâtiment révèle une entrée cossue, habillée de plantes vertes et de boiseries. D'un geste galant, le lieutenant désigne l'escalier pour que je le devance. Un peu intimidée, je lui obéis. Les marches, tapissées de moquette vert sapin, étouffent nos pas. Nos mains se cherchent et se rattrapent sur la rampe lustrée. Il a envie de jouer. Moi aussi. J'accélère le pas en gloussant, il saisit mes hanches, me picore de baisers, son souffle joue dans mon cou, il me retourne, ses lèvres se plaquent sur les miennes. Son baiser m'irradie et je me sens fondre à mesure qu'il possède ma bouche. Mes jambes flottent sous moi. Pour ne pas perdre l'équilibre, je m'agrippe à son col et en réponse, il me plaque plus étroitement contre lui, me cambrant contre la rampe. Mes mains triturent son manteau, descendent et plongent dans la profondeur d'une poche. La ferraille d'un jeu de clés me tire de mon extase. Je les extirpe et romps notre baiser.

— Premier étage, commente-t-il sans me lâcher des yeux, la voix rauque.

La porte en bois laqué se referme sur nous. Je meurs d'envie de me blottir à nouveau contre lui, mais quelque chose dans cet endroit me met mal à l'aise. Il flotte une odeur d'humidité poussiéreuse que la tiédeur du poêle n'a pas suffi à chasser. Je remarque les tapisseries constellées de rectangles pâles, les rayures qui griffent le parquet, les meubles oubliés, vestiges échoués dans l'espace dénué de bibelots.

Au pied du canapé de cuir, face à une table garnie de fruits confits, de saucissons secs, de gâteaux et de sachets de café, trône ma valise que le chauffeur est venu déposer. Je lorgne sur les victuailles, et un nœud me serre la gorge. Je vais désormais être logée et nourrie aux frais du *Reich*, c'est-à-dire aux frais de mes compatriotes saignés par l'occupant.

Le lieutenant me prend la main et entreprend de me faire visiter l'appartement. L'écho de nos pas qui se démultiplie entre les murs vides me donne la chair de poule. Je me presse derrière cette haute silhouette en uniforme, derrière celui à qui je dois me raccrocher pour survivre. Il m'est familier, par sa démarche, son parfum, sa présence ; je connais sa raideur, sa retenue, son arrogance de façade ; mais il m'est inconnu aussi, il m'échappe, car je ne connais rien de son quotidien, de ses proches, de ce dont il est capable. Il est l'un de mes ennemis, celui qui parle une langue que je ne comprends pas et qui obéit à des ordres obscurs.

J'ai plongé tête baissée dans un état de servitude volontaire, lui donnant tous les pouvoirs sur moi, et ma dépendance me saute au visage.

Ai-je commis la pire erreur qui soit ? Je ne suis plus sûre de rien. Tout ce que j'ai imaginé vole en éclat et je me sens seule dans cet endroit sinistre. Une question me brûle les lèvres, quoique je ne sois pas sûre d'en vouloir la réponse.

— Comment as-tu pu avoir un si grand appartement ?

Mon anxiété emplit l'espace. Sans lever les yeux vers moi, le lieutenant continue d'écumer les placards, et je ne peux que trouver discordante cette silhouette sanglée de noir qui farfouille à la recherche d'un inoffensif ustensile de cuisine.

— Un prêt de mon beau-frère.

— C'est à lui ?

— Non.

Je passe le seuil de la cuisine, et du bout de l'index j'essuie la poussière qui recouvre la crédence du buffet.

Heinz a allumé la gazinière. Les flammes dansent sous la casserole. Il cherche des tasses, des cuillères.

Mais dans le tiroir qu'il vient d'ouvrir, entre les piles de torchons soigneusement pliés en quatre, des prénoms sont gravés dans le bois des ronds de serviettes.

J'ai le temps d'entrevoir les gravures avant qu'il ne referme le tiroir. *Hannah. David.*

— *Also*… Je suis logé dans un hôtel réquisitionné pour les officiers. Ici tu es en sécurité. Je viendrai dès que possible.

Dès que possible ? Il va donc me laisser, seule, entre ces murs.

— Quoi ? Comment ça ? Est-ce que tu vas m'abandonner ici ?

— Non, pas abandonner ! Mais je devrai m'absenter souvent… Je dois travailler, et me présenter chaque soir à l'hôtel. Il y a des contrôles, la gendarmerie militaire cherche les déserteurs… Si je ne suis au bon lieu, à la bonne heure, je risque des problèmes graves.

— Tu es officier !

— Cela ne suffit plus. Ici, ce n'est pas la campagne. Je ne suis plus le meilleur gradé.

Ses petites maladresses linguistiques m'arrachent un faible sourire. Je soupire.

— Ah. Oui. Évidemment. Tu dois rendre des comptes.

— Exactement.

— Mais… cet appartement… où sommes-nous ? Ou plutôt, chez qui ?

Le lieutenant feint d'ignorer ma question. Une mauvaise onde parcourt et étreint ma poitrine, augmentée par le silence qu'il m'oppose.

Peu à peu, l'indignation se met à bouillir dans mes veines au même rythme que l'eau frémit dans la casserole. Il coupe le gaz et s'immobilise, appuyé face à l'évier.

— Réponds-moi, insisté-je. Où sont les gens qui habitent ici ? Qu'est-ce que vous en avez fait ?

Ma voix suraiguë le fait réagir enfin. Il daigne m'adresser un regard, mélange de résignation, de colère et de honte.

— C'est une prise de guerre, Adèle. C'est tout ce qu'il y a à savoir.

— Non, ce n'est pas tout ! Où sont-ils, ces gens qui vivaient là ?

Les mains du lieutenant se crispent sur la crédence ; il se détourne de moi et m'offre un profil crispé. Pourquoi n'est-il pas capable de verbaliser ? Pourquoi fuit-il mon regard ? Je connais la réponse, mais je veux l'entendre le dire. Je veux qu'il avoue.

— Ces gens sont morts, n'est-ce pas ? Vous les avez éliminés ?

D'un geste sec, le lieutenant fait valser une tasse. L'anse se brise en répandant des miettes de porcelaine au fond de l'évier. Stupéfaite par la violence de sa réaction, je passe une main sur mon front. Les pensées qui s'entrechoquent dans mon crâne me font mal. Une seule évidence remonte dans ma gorge : je ne veux pas être complice de ces crimes.

— Je ne peux pas ! Je ne veux pas… Je ne suis pas avec *vous* ! m'écrié-je.

— Adèle, je ne te demande pas d'être « avec nous »… seulement d'être avec moi.

— Mais justement, je te croyais différent ! Je me suis trompée depuis le premier jour.

Il accuse le coup et pivote vers moi. Sa mâchoire broie les mots qu'il m'adresse.

— Chaque matin, quand je m'habille avec cet uniforme, je sais que j'appartiens à ma Patrie. Je veux être droit. C'est difficile pour concilier devoir et conscience. Obéir. Servir. Ne pas réfléchir. Je dois… je dois essayer d'être juste dans mes actes. Mais cela ne veut pas dire que je suis un homme bon. Est-ce que tu comprends cette différence ?

— Non.

— Fais un effort.

— Non…

Je refoule difficilement les larmes qui sourdent à mes paupières. Je lui en veux d'être ce qu'il est.

Je renifle et mes yeux s'embuent, lamentablement. Je n'ai pas le temps de me cacher le visage qu'il franchit la distance qui nous sépare et m'accueille dans son étreinte. Ma joue pressée contre la laine de son manteau, je me laisse aller, et les larmes dévalent sur mes joues. Un murmure en allemand interrompt le torrent de mon chagrin… Je relève le menton, ses lèvres fondent sur les miennes. Notre baiser salé aiguise mon désarroi autant qu'il ravive la chaleur au creux de mon ventre.

CHAPITRE 27

Adèle

Un cliquetis brise le sommeil auquel je viens juste de m'abandonner. J'ouvre les yeux, la haute silhouette sanglée de noir s'avance vers moi. Cheveux gominés, joues rasées de près, mon amant fait tourner un jeu de clés autour de son pouce. D'où revient-il ? Comment peut-il être si silencieux ? Je ne l'ai entendu ni se lever ni sortir. Un sourire satisfait s'épanouit sur ses lèvres fines.

— J'ai trouvé une solution à côté d'ici. Il y a un logement à louer chez la tante d'une Française qui travaille pour nous. C'est sûr, mais c'est un petit endroit.

— Ce sera parfait.

— Très bien. Prépare-toi.

— Tout de suite ?

— C'est nécessaire, oui j'affirme.

Je glousse, attendrie une fois encore par son vocabulaire décalé. Mon regard se fixe sur ses lèvres, je perçois sa chaleur qui irradie jusqu'à moi et mon rythme cardiaque s'accélère.

Son air mi-distant, mi-complice, me fait chavirer dans les abysses.

— Hmmm… attention, je sais quand tu te moques avec moi.

— De toi !

J'oscille entre le fou rire et le désir ; quelque chose d'indicible me chatouille le ventre, je ris, mais je brûle aussi… Incapable de résister à l'attraction qui nous unit, il me rejoint. Ses lèvres puis ses mains m'emportent dans un tourbillon délicieusement douloureux.

Le lieutenant a fait porter ma valise jusqu'à la porte d'un immeuble voisin. Il patiente à côté de son subalterne qui tire la chaînette d'une cloche. Encadrée par ces deux soldats du *Reich*, je me sens mal à l'aise. Sans raison, puisque les passants ici ont l'habitude de voir des femmes accompagner l'occupant, et personne ne fait attention à nous. Pourtant, je suis soulagée lorsque le battant grince sur ses gonds.

— Pour le logement de Mademoiselle. De la part de Madeleine, énonce froidement le lieutenant.

La prestance et l'uniforme de mon amant ouvrent la porte en grand.

Après avoir échangé avec son subalterne, il hoche la tête dans ma direction pour me signifier d'avancer dans la cour pavée. Je comprends qu'il ne m'accompagnera pas plus avant. Ses obligations l'appellent. Je lui adresse un bref regard, puis me détourne de lui pour suivre la concierge qui avance vers le second bâtiment en retrait. Un couloir encombré de peintures criardes précède une cage d'escalier dans laquelle flotte une odeur de moisi qui, au fur et à mesure des étages, se dissipe pour se mêler à des relents de chou bouilli. Au troisième et dernier étage, je découvre une chambre mansardée avec placard et réchaud. Un vasistas fait tomber des rais de soleil pâle sur le lit étroit. Un cabinet de toilette privé est situé sur le palier. La logeuse me remet la clé, me donne ses directives avant de tourner les talons. J'entreprends de déballer mes affaires, à savoir, en tout et pour tout, un imperméable, deux robes, une jupe et un gilet, des sous-vêtements, un chemisier, une serviette éponge, une bouteille de parfum à moitié vide, un morceau de savon, une brosse à dents et un peigne en écaille. Tout ce que je possède est là, sous mes yeux, étalé sur cette couverture rêche. Comment ne pas me rendre compte que j'ai n'ai plus rien ? Une fois mes affaires rangées dans le placard tapissé de fleurs orangées, je glisse ma valise vide sous le lit. Dans le cabinet de toilette, un miroir terni est suspendu à un clou, au-dessus du lavabo. J'essuie sa surface avec ma manche. Je frissonne en ôtant ma robe. Le filet d'eau froide qui s'écoule du robinet ne me facilite pas les choses. J'effectue ma toilette sommaire sans m'attarder, pressée de me recouvrir de vêtements chauds.

Une fois les cheveux rassemblés en chignon flou, je me brosse les dents, et je me pince les joues pour me redonner des couleurs puis je regagne ma chambre. Bien sûr, je pourrais sortir, prendre l'air, visiter le quartier et m'enhardir dans Paris. Mais l'envie me manque.

La tête lourde, je me couche en chien de fusil sur le lit. Pourquoi me suis-je coiffée ? Mon chignon se délite à la vitesse de mes pensées... Des mèches viennent me caresser les joues, et je glisse dans les profondeurs irrésistibles du sommeil.

Ma chambre est plongée dans l'obscurité. À travers le vasistas, je compte les pointes glacées qui tapissent la nuit. Des milliers d'étoiles... toutes indifférentes à mon absurde recensement. D'ailleurs, à combien en étais-je... ? Mon esprit divague et me remorque dans l'Anjou de mon enfance... Me voici bercée par les effluves de cire d'abeille et de confitures. Mon cœur se serre, écrasé de souvenirs.

On gratte à ma porte... Assise sur le lit, je me recoiffe sommairement puis je tire sur mes vêtements pour les lisser. Les coups redoublent à la porte, je me lève et m'empresse de déverrouiller le battant qui s'ouvre aussitôt. Un parfum citronné me caresse les narines. Le lieutenant Sieber est là.

D'un coup de botte, il referme la porte derrière lui. Ses mains saisissent mon corps avec passion, et tandis que je m'agrippe à son col, il plaque ses lèvres contre les miennes. Nous nous pressons l'un contre l'autre et un feu se déverse en nous. Soudain, ses lèvres se détachent des miennes, il exhale un soupir et me caresse les hanches avant de me relâcher.

— Adèle… tu viens de faire une bêtise vraie, me sermonne-t-il, de son ton le plus sérieux.

— Laquelle ? soufflé-je.

Je le vois réprimer un élan, il lorgne mes lèvres.

— Quoi, quelle bêtise ?

Brusquement ses mains viennent enserrer mon visage ; il se jette sur ma bouche. Aussitôt le feu reprend possession de moi, je me presse contre lui, je le mordille avec autant de fougue qu'il le fait. Ses grognements fondent dans ma gorge et me brûlent les entrailles. Les yeux clos, je m'abandonne contre lui, lorsque soudain sa bouche me quitte aussi brusquement qu'elle m'avait happée. Je cille des paupières.

— Pourquoi est-ce que ça s'arrête ?

Il rit sombrement.

— Je veux parler.

— Je préfère être embrassée…

— Adèle, c'est sérieux.

— D'accord.

— Est-ce que tu m'écoutes ?

— Oui.

— Parfait. Tu ne dois pas ouvrir la porte sans poser de questions avant.

— Mais ça ne pouvait être que toi !

— *Nein* ! Pas certainement. Tu dois être prudente.

— En demandant « Qui va là ? » ricané-je.

Ma joue frotte contre son gant. J'aime ses grandes mains, je sens leur nervosité sous le cuir, leur force aussi et puis leur tendresse. Je sais ce qu'il peut en faire, comme il peut me tenir et me caresser…

Féline, j'appuie mon visage contre sa paume, le regard levé vers le sien qui durcit et s'embrase. Il grogne et alimente notre jeu en me caressant le lobe de l'oreille avec son pouce. J'adore lui faire perdre ses moyens.

— Vas-tu obéir ? questionne-t-il d'une voix rauque.

— Oui, c'est bon, oui, je ferai comme cela.

Ses pupilles dilatées de désir contredisent le sourire dubitatif qui flotte sur ses lèvres. Il essaye de se dominer, mais je le sens dévoré par le besoin qu'il a de moi. Je me régale de ce pouvoir que j'ai sur ses sens… Redressant le menton, je lui tends mes lèvres qu'il embrasse avec fièvre.

Soudain je sursaute, une douleur fugace me pique la fesse droite.

— Aïe ! Oh ! Tu m'as pincée ?

Mains levées en signe d'innocence, il me dédie un tendre et ignoble sourire.

— Allez demoiselle, c'est l'heure. Habille-toi d'un manteau, je t'emmène dîner.

Une voiture nous attend au pied de l'immeuble, moteur allumé. À travers les vapeurs tièdes de l'habitacle, je regarde Paris. Telles des ombres ronflantes dont les yeux jaunes balayent l'univers fantomatique qui se déroule sous leurs pneus, tractions noires et berlines à fanions patrouillent et sillonnent les rues désertes. Les fenêtres sont camouflées, les lampadaires éteints. C'est l'obscurité qui règne, troublée par le scintillement pâle des trottoirs qui avancent vers nulle part leurs kilomètres de bitume luisants de givre. De temps à autre, nos phares accrochent et révèlent des bribes aussi sublimes que désespérantes ; ici l'arche majestueuse d'un pont, là le métal d'une rangée de casques, plus loin un dôme brillant contre le velours nocturne, et puis encore, l'or d'une statue dressée vers le néant.

Je ferme les yeux. Mon front vibre contre la vitre.

Les vibrations cessent. Le moteur est coupé. Mes paupières cillent devant le balancement d'une lanterne rouge. Le lieutenant Sieber me tend la main.

Je souris, et gant contre gant, nos paumes se rejoignent.

— Nous avons de la compagnie ce soir.

— Qui donc ?

— Mon beau-frère. Il est pressé de te rencontrer. Il est nécessaire de te prévenir. Il est… je dois dire… spécial.

— Euh spécial... comment ?

— Enthousiaste, précise mon amant comme nous entrons dans le cabaret.

— Pourquoi es-tu toujours si laconique ?

— Lacoquique ?

Je réprime un rire, il me coule un regard indéchiffrable, mais je ne réponds pas, écrasée par le chic de ce bar aux lumières tamisées. Accoudés au comptoir lustré, un verre de liquide ambré en main, des aviateurs disputent une partie de dés.

Au-delà s'étend un vaste salon bruissant de monde. Le relief des tables et des fauteuils est sculpté par d'imposants lustres à pampilles qui diffusent une ambiance si joyeuse qu'elle en est indécente. Je suis aussi scandalisée qu'émerveillée.

Les éclats de lumière se répercutent dans le rubis du vin, sur les courbes gracieuses des carafes, rebondissent dans les multiples rangs de perles qui ceignent les cous dénudés, jouent dans la moire et la soie des fourreaux, meurent dans le cuivre des décorations piquetées aux uniformes.

Juché sur une petite estrade, un quatuor diffuse un air de jazz qui assourdit les conversations.

Le lieutenant Sieber me prend le bras et me conduit à travers les tables, jusqu'à un homme à la carrure athlétique et dont les cheveux blonds, coupés très courts, accentuent la puissance de sa mâchoire.

— Otto !

Ce dernier se lève pour saluer le lieutenant, qui momentanément me relâche pour lui donner l'accolade.

Les deux hommes échangent des propos chaleureux, mais auxquels je ne comprends absolument rien. À côté de nous, un groupe d'officiers sirote bruyamment du champagne en compagnie de femmes aux épaules charnues.

Quels sont les codes de ce nouveau monde ? À Saint-Libcire, il fallait absolument se cacher, ici rien ne semble gênant.

— Alors c'est vous que ce cher Heinz traîne dans ses pas ? Je suis Otto Meyer. Enchanté de vous rencontrer, mademoiselle.

J'accepte la main qu'il me tend. Les yeux plissés de curiosité, il me dévisage sans vergogne tandis que notre poignée de main se poursuit un peu trop longuement à mon goût.

— Heinz m'a dit beaucoup de bien de vous et je dois avouer qu'il n'avait pas tort !

Je balbutie un vague merci en retirant mes doigts de son étreinte. Mon amant tire un fauteuil pour m'inviter à m'y asseoir. Je me cale dans l'assise. Deux hommes en civil partagent notre table. Sont-ils français ? Allemands ? Leurs costumes sont neufs et bien taillés. L'un d'eux porte à son poignet une montre de grand prix.

La conversation reprend entre Otto Meyer et les deux inconnus, une conversation vive, en allemand, qui s'interrompt aussitôt que le serveur apporte les plats sous leur cloche d'argent. Le lieutenant les écoute avec intérêt, mais il ne prend pas part au débat. Quant à moi, je ne me sens pas à ma place, posée là comme un objet que l'on a oublié. À l'instar des deux civils, je sens la colère monter en moi. Pourquoi est-ce qu'il m'a emmenée ici ? Je ne peux pas partir, et ce n'est pas une question de politesse, mais de survie puisqu'il est formellement interdit de circuler après le couvre-feu.

Me voilà à nouveau tributaire du bon vouloir de mon lieutenant. Et ce constat, encore une fois, a le don de m'exaspérer. Je me traite de sotte, mais je n'ai guère le choix que de patienter. Au moins il y a de la bonne nourriture, et je décide de ne pas m'en priver.

Autour de la table cependant, le ton monte, les hommes se coupent la parole, s'interpellent tandis que le lieutenant, mâchoires crispées, se mure dans le silence. Soudain les deux civils repoussent leurs chaises avec brusquerie et prennent congé.

Le lieutenant et son beau-frère échangent des paroles lapidaires. Après un bref silence, imperceptiblement, l'ambiance se détend. Que s'est-il passé ? Je n'y comprends rien.

L'orchestre, qui jusque-là, jouait un air suave, passe habilement à une valse de Vienne, ce qui enchante visiblement Otto.

— Toutes ces musiques de nègres me donnent mal à la tête ! affirme-t-il à mon attention.

À cet instant, je découvre le brassard orné de la croix gammée qui entoure son bras. Cet homme n'est pas seulement un militaire, il appartient au parti nazi. Je repose ma fourchette contre le bord de l'assiette tandis qu'une onde froide m'envahit. Est-ce cela que le lieutenant voulait dire par « enthousiaste » ? Le terme me glace.

— Heinz est un excellent musicien, vous savez ?

— Oui, je… je m'en suis aperçue.

Otto se penche vers moi. Il ajoute sur un ton confidentiel :

— Vous n'êtes pas la première à tomber dans ses filets. Il séduit les femmes avec son don pour la musique. J'ai à cœur de dire les choses. Je souhaite que vous ne soyez pas jalouse, Mademoiselle ! Les hommes sont comme cela. Des prédateurs. Mais notre cher Heinz ne court qu'un seul gibier à la fois. Soyez sûre d'être en ce moment la seule pour lui. Il faut dire que vous êtes ravissante… les cheveux blonds et le teint clair. Telle une

Allemande de bonne race ! Ma femme a les mêmes cheveux que vous.

De son portefeuille marqué au sigle du parti nazi, Otto tire une photo représentant une belle femme au nez droit et aux cheveux tressés. La sœur du lieutenant. Difficile d'imprimer ce visage inconnu dans ma tête, toutes mes pensées se dédoublent.

— Elle m'a donné trois enfants, trois filles. Et j'espère maintenant des fils.

Il me présente une autre photo de sa femme entourée de deux charmantes petites filles, avec un bébé entre ses bras.

— La dernière, Karla. Vous voyez, elle a déjà des traits parfaits. Et elle a les yeux de son oncle.

Le visage d'Otto se fend d'un large sourire de sympathie. Il semble enchanté de me faire découvrir sa portée de nazillons. Une bouteille de champagne est débouchée et le voilà qui entreprend de palabrer sur la vie parisienne, pour achever de me mettre mal à l'aise. S'en rend-il compte seulement ? Je ne pense pas. Pas plus que mon amant qui aspire la fumée de sa cigarette avec application.

— Ah ! La France, doux pays. Les parfums, les bons vins, les belles femmes, le champagne. Ne dit-on pas « Vivre comme Dieu en France ? »

— Dis-moi Otto, est ce que tu te prendrais pour Dieu ? interroge le lieutenant de son ton pince-sans-rire.

Est-ce qu'il essaye de désamorcer le malaise qui me tient ? J'ai le sentiment qu'à travers son écran de fumée, il devine mes pensées secrètes et la répulsion qui m'accable.

Un éclat de rire fuse entre les lèvres de Otto :

— En quelque sorte, oui. Encore que Dieu soit imparfait : il a créé les Juifs et toutes ces races qui…

— Sieber ! Meyer ! interpelle un officier à l'allure délicate et aux tempes grisonnantes, avec, négligemment pendue à son bras, une jeune femme moulée dans un étroit fourreau de soie.

Otto dresse son bras pour lui offrir un salut hitlérien. Mon amant se charge des présentations :

— Adèle, je te présente le lieutenant Paul Bauer, et voilà Madeleine, son amie française.

Les trois hommes engagent la discussion entre eux ; Madeleine se cale entre moi et Otto et me dédie un sourire généreux.

— Tu viens d'arriver à Paris ?

Je baisse les yeux vers ma robe.

— Ça se voit tant que ça ? plaisanté-je.

— Un peu, oui. Ne sois pas gênée. C'est dit sans méchanceté. Je t'emmènerai acheter quelques petites choses si tu veux.

— Pourquoi pas ?

— Demain ? C'est mon jour de congé. Si tu ne travailles pas, c'est faisable pour moi.

— D'accord. Et où est-ce que tu travailles ?

— Paul est responsable d'un service de rationnement, il m'a fait embaucher, je travaille à la cantine de la caserne.

— Je vois, dis-je, incapable de développer.

— Ce doit être toi qui loges chez ma tante, non ? Tu sais, si tu as besoin de travailler il y a toujours des places, surtout… si… si tu es dans la même situation que moi, ajoute la jeune femme qui, d'un geste du menton, désigne les trois Allemands.

— Du travail ? Je ne sais pas trop, pour le moment ça va. Le lieutenant… bref, il me donne ce qu'il faut.

— Réfléchis-y tout de même, travailler, être autonome, ça pourrait t'être utile.

Je hausse les épaules, vaguement honteuse de ma situation de femme entretenue, qui plus est, par l'ennemi.

Dépendre financièrement d'un soldat du *Reich* n'est pas très judicieux, j'en ai conscience et je devrais essayer de chercher un emploi.

Un tonnerre d'applaudissements salue l'entrée d'un homme à la fine barbe blanche. Ce musicien tient entre ses mains un violon qu'il se cale sur l'épaule. Lorsqu'il fait jouer son archet sur les cordes, la musique qui envahit l'espace est si déchirante qu'elle me remue le cœur.

— Cette musique à quelque chose de slave. Ce violoniste ne serait-il pas Juif ? questionne Otto Meyer avec une moue de dégoût.

— Un Juif, ici ? Impossible, ou alors il serait fou, ironise le lieutenant en écrasant sa cigarette au fond du cendrier.

— Non, non… les Juifs ne sont pas fous. Ils sont vicieux. Assez pour vouloir s'introduire dans nos cercles. Ils nous admirent et nous envient.

— Otto, oublie un peu tes obsessions.

— Cher beau-frère, mes obsessions devraient être les tiennes et celles de tout notre peuple. Demain, je ferai mener une enquête sur ce diable.

La dernière note meurt sous l'archet. Les applaudissements fusent, le violoniste esquisse une révérence avant de s'éclipser vers les coulisses… Il disparaît à ma vue, mais son image, je le sais, restera ancrée à mes oreilles.

CHAPITRE 28

Heinz

Je frappe trois coups à la porte.

— Qui est-ce ?

Je souris : elle a suivi mon conseil de prudence — enfin mon ordre plutôt.

— Lieutenant Sieber, énoncé-je sottement.

Je l'entends glousser, la porte s'ouvre, elle se jette sur mes lèvres, me picore de petits baisers spontanés, et se recule, confuse. Ce mélange d'ardeur et de timidité me fait perdre la tête. Je la regarde, de haut en bas, de bas en haut. Elle est si jolie que je me sens laid avec mon cou et ma mâchoire brûlés. Elle me lance un sourire félin et s'écarte pour me laisser le passage. J'avance, mes pensées s'égarent. Je meurs d'envie de remonter sa jupe sur ses cuisses, là tout de suite, d'effleurer ses jambes gainées de laine noire, puis de faire claquer l'élastique de la jarretelle sur sa cuisse, oui j'ai envie de la taquiner un peu, de la faire geindre et de l'entendre ravaler ses gémissements dans mon souffle.

Mais voilà, mes bras sont encombrés, le temps presse et je dois garder la tête froide. Je dépose le paquet que je transporte.

— Tu restes ce soir ? me demande-t-elle, d'une voix emplie d'espoir.

Je reste de marbre, mais il m'en coûte.

— Non, pas ce soir, dis-je. Je suis pressé. Je veux seulement te déposer à manger.

Nos yeux se cherchent et se trouvent, les siens brillent de convoitise — pour moi ou pour ces aliments que je lui apporte ?

Je ricane à cette idée tandis que je déballe conserves d'abricots, œufs, pâté, confiture.

— Pourquoi ris-tu ?

— Je me demande si tu préfères manger ceci… ou cela… dis-je en me désignant.

Elle rit et rougit jusqu'à la racine des cheveux.

J'extirpe une liasse de billets que je lui tends. Elle l'empoche en baissant le nez, toute gaité a disparu de son doux visage.

— N'aie pas de honte. Il faut que tu gardes un peu d'argent pour toi.

Elle opine, je l'attire à moi pour chasser son malaise, et je l'embrasse pour éviter de parler. Ses lèvres sont douces et me font oublier que l'avenir est sombre, bien plus sombre encore que ce que nous avons traversé jusqu'à présent. Les nouvelles sont mauvaises pour notre armée.

— Quand reviens-tu ?

Elle se suspend à mes épaules, pour éviter d'appuyer sur ma brûlure.

— Demain soir.

— Si loin ?

— Demain soir, c'est bientôt.

Elle fait la moue, m'en veut un peu, mais je suis résolu à ne pas lui en dire davantage : demain soir nous sommes invités chez Otto Meyer. Pas certain qu'elle apprécie.

D'autant que nous devrons y écouter le discours que le *Führer* doit prononcer pour les dix ans du *Reich*.

Une pensée se forme contre mon gré, une question s'imprime dans mon cerveau abîmé par la propagande : dix ans de *Reich*… dix ans de descente aux enfers ?

CHAPITRE 29

Adèle

Éreintée par la journée que je viens de passer, je fais glisser mes bas que je jette en boule au bout du lit. La journée a été épuisante. Madeleine m'a raconté sa vie avec une franchise déconcertante. Son enfance engluée dans la pauvreté, ses deux parents emportés par la maladie, sa sœur, morte d'une mauvaise chute. C'est désormais avec son frère cadet, Georges, qu'elle partage un deux-pièces à quelques rues de chez sa tante, vivotant de petits boulots, pour l'heure assez satisfaite de son emploi au sein des cuisines allemandes. Curieux après-midi, durant lequel nous avons oscillé entre bavardages futiles et confidences douloureuses. Madeleine a refusé de s'appesantir sur ses malheurs, préférant de loin cet autre sujet qui nous unit et cimente notre complicité toute neuve : nos amours interdites. S'ouvrir l'une à l'autre nous fait du bien mutuellement, sans doute parce que dire à haute voix ce que le secret étrangle dans nos cœurs nous libère un peu de notre culpabilité.

Nous avons sillonné les rayons bien approvisionnés des grands magasins, j'ai essayé toutes sortes de tenues et vaporisé des parfums et des poudres à mon poignet. Évidemment, une fois partie sur ma lancée, prise par l'euphorie de tout ce luxe, j'ai dépensé de l'argent, tout cet argent qui ne m'appartient pas. J'ai éludé la morale, j'ai eu envie de m'amuser, d'être légère, d'être sans scrupules. Nous avons emprunté le métro, nous nous sommes mêlées à la masse pressée et laborieuse, celle qui évolue de rame en rame, d'escalier en escalier dans les souterrains crasseux, nous avons croisé des patrouilles armées qui n'ont fait que nous reluquer, et à ma grande honte je m'en suis satisfaite.

En remontant à la surface, mes yeux ont rencontré le monstre d'acier que jusqu'ici je n'avais aperçu que de loin : l'imposante Tour Eiffel. Ses plateformes cuivrées s'étageaient dans le ciel frileux, mélange de force et d'élégance.

Mais je n'ai pas eu le temps de m'extasier : Madeleine m'a attrapé le bras, s'est élancée, j'ai suivi son élan, nous avons trotté bras dessus bras dessous, vite, plus vite, et nous nous sommes mises à courir, ricanant, puis riant bien fort toutes deux, à gorge déployée en devinant à notre passage la mine outrée des quidams.

Nous étions un peu ridicules sans doute…

Qu'importe, nous riions sans raison aucune, et c'était ce qui était le plus drôle, le plus libérateur, c'était si bon, ce non-sens, cette absurdité qui, au lieu de l'éteindre, alimentait notre irrépressible besoin de joie, et nous jetions autour de nous des brassées de gaité puérile, nous y allions sans mesure, nous arrosions ce monde répugnant de nos éclats idiots.

Mais un hoquet s'est coincé dans ma gorge, et j'ai cessé de rire soudain lorsque j'ai vu ce qui était tendu entre les piliers de la Tour : un immense bandeau avec des lettres allemandes en majuscules.

J'ai grimacé, Madeleine a enfoncé son coude dans mes côtes :

— Oui t'as vu, c'est moche hein. Il paraît que cela veut dire : l'Allemagne gagne sur tous les fronts. Le pire c'est que ce n'est pas faux.

J'ai vu son sourire en demi-teinte, j'ai compris qu'elle faisait allusion à nos amants, à son cher Bauer, dont elle m'avait rebattu les oreilles une partie de l'après-midi.

J'ai ricané. Mais l'insouciance s'était envolée. Ce n'était plus pareil, ma vie était redevenue angoissante et grave, sans perspectives. J'ai senti le poids de mes sacs au creux de mon coude, le poids de ma culpabilité retombe d'un seul coup sur mes épaules. Un spasme nerveux s'est échappé de ma cage thoracique.

— Ils gâchent toujours tout, ces salauds…

Madeleine s'est tue, mais je sais qu'à cet instant nous nous comprenions.

J'examine mes pieds. Une ampoule est prête à éclater derrière mon talon. Rien d'étonnant après les kilomètres parcourus. Je me masse les chevilles et j'entrouvre du doigt les sacs remplis à ras bord. Un tailleur, une jupe plissée, des bas de soie, un chemisier de crêpe, un gilet ajouré, une combinaison de satin, et une merveilleuse robe en organdi grenat, agrémentée de tulle et ornée d'un nœud en velours sur le décolleté. J'étale mes achats, je caresse ces vêtements neufs, j'admire les couleurs nettes, les tombés, les plissés, les coupes cintrées par souci d'économie peut-être, mais qui au final épousent si harmonieusement les courbes du corps féminin. Ce sont des tenues comme je n'en ai jamais porté. Le remords me taraude. Ces coquetteries sont bien futiles. Amorales même, puisque je profite de l'argent du lieutenant, et je sais d'où il provient, je sais ce que cela signifie. Mais j'aime les jolies choses. J'aime les posséder. Et puis par-dessus tout, j'ai envie de lui plaire. À lui.

Le lieutenant vient me chercher en début de soirée. Je l'attendais depuis une éternité, moulée dans ma robe de velours, les jambes gainées de soie, les cheveux relâchés en un chignon flou.

Je bondis sur la porte, il me dévore de baisers. Je me blottis dans son cou, il me broie, m'embrasse encore, ses lèvres me rendent folle de désir. Je voudrais seulement refermer le verrou et le garder pour moi seule, longtemps, toujours, dans le secret et la sécurité de cette minuscule pièce et ne plus rien faire que respirer son odeur et me repaître de sa force et de sa tendresse.

Mais il éloigne ses lèvres des miennes. Je me tends vers lui, il rit doucement, effleure mes lèvres seulement puis lève son bras au-dessus de mon épaule pour consulter sa montre.

— Goujat, lancé-je.

— *Was* ?

Je ris, j'aime profiter de son ignorance linguistique pour reprendre un peu le dessus sur lui. Il n'est pas dupe de mes affronts et hausse un sourcil :

— Hmm… Est-ce que tu essayes de m'insulter ?

— Est-ce qu'on est vraiment obligés de sortir ?

— Oui, c'est nécessaire. J'ai des obligations.

— Oh !

J'adopte une moue boudeuse pour essayer de l'attendrir. Ma tentative n'a pas l'effet escompté. Avec une indulgence vexante, il pointe son index ganté vers mon visage :

— Ta mentalité est non correcte, Adèle. Les choses vont finir mal pour moi si je t'écoute beaucoup !

— Pfff… Un dîner de plus ou de moins. Qu'est-ce que ça change ? Rien ne va finir plus ou moins mal si tu décommandes, non ? Tu n'as qu'à inventer que tu es malade…

— Si je ne vais pas à ce dîner, je vais avoir des ennuis.

— Mais tu n'as pas droit à un peu de repos ?

— Je n'ai qu'un droit, tu le sais. Servir ma Patrie.

— Jusqu'à quel point ?

— Adèle…

— Je te veux pour moi…

— Tout à l'heure, oui.

Sa voix est rauque, et son regard chaud, il lutte âprement contre son désir. Soudain, il m'attrape la gorge et m'embrasse avec fougue. Je le sens sur le point de céder, prêt à envoyer au diable toutes ses obligations pour se consacrer à moi, capable de tout renier pour se fondre en moi. Mais ça ne dure qu'un instant. Un sursaut de lucidité l'éloigne de mes lèvres. Il s'écarte, essoufflé :

— C'est impossible maintenant.

Pantelante, les lèvres brûlantes, j'attrape mon manteau. Il emprisonne mes doigts dans la souplesse de son gant, et j'oublie son argent mal acquis, la laine noire de son uniforme, ses engagements, j'oublie tout, je n'ai qu'une envie, qu'un besoin : respirer à ses lèvres, être doucement brutalisée par ses mains, être inondée de lui.

Le dîner a lieu chez Otto Meyer, enfin plus précisément dans un appartement réquisitionné qu'il occupe. L'endroit est luxueux et bruisse de monde. Les hommes affichent leurs décorations, les femmes ruissellent de bijoux. Toute cette faune évolue avec aisance, tandis que, la main dans celle de mon amant, je le suis alors qu'il se fraye un passage à la recherche de son beau-frère.

Mes yeux courent sur les murs tapissés de toiles rayées et de lambris. Ici et là sont suspendus des tableaux de maîtres ; au sol s'étalent des tapis moelleux : l'atmosphère se veut intime et chaleureuse, mais j'en décèle toute l'agressivité latente.

Moulée dans un fourreau noir, Madeleine me rejoint. Le lieutenant la salue et libère ma main. Ma nouvelle amie m'entraîne dans une pièce attenante meublée de deux canapés en cuir brun. Les assises encadrent une tablette en verre débordante de petits fours et de bouteilles. Une femme, d'environ trente ans, dont la robe de soie bleue révèle les formes parfaites, se trouve là, une coupe de champagne à la main. Madeleine l'embrasse et fait les présentations.

— Je te présente Manon. Et voici Adèle.

— Enchantée de faire ta connaissance, me déclare Manon d'une voix suave. Alors, dis-moi, qui est ton bienfaiteur ?

Je reste coite un instant, sidérée par le mot employé qui me renvoie à un statut honteux, celui de femme entretenue, voire de prostituée.

Face à ce court silence, Manon laisse fuser un rire tout en rejetant sa tête en arrière. Ses longs cheveux noirs s'étalent sur son dos nu.

— Quelle fraîcheur de provinciale ! Ton amant si tu préfères !

— C'est le lieutenant Sieber, répond Madeleine en avalant une bouchée aux lardons et fromage.

— Le lieutenant Sieber, tu dis… lequel est-ce ? Je ne le connais pas encore !

— Il a pris un poste il y a peu, dis-je d'un ton pincé.

— C'est pas grave mon chou, il ne faut pas avoir honte. Si on peut profiter de ces beaux messieurs pourquoi s'en priver ?

Je sais qu'elle n'a pas complètement tort, car même si ce n'est pas mon intention, les faits parlent contre moi. Je vis aux crochets d'un des sbires du *Reich*.

J'oscille entre la honte et l'aversion. J'affiche une mine outrée, je me récrie :

— Ah non, du tout ! Ce n'est pas ce que vous croyez !

— Tss tss, allons ! Pas de fausse pudeur avec moi ! Pour commencer, sache que j'ai horreur qu'on me vouvoie ! Ça vieillit horriblement ! Et puis, on sait toutes ce qu'on vient chercher ici ! Du confort, du luxe, de la sécurité…

Manon, glisse une coupe de champagne entre mes doigts, puis entre ceux de Madeleine avant de se laisser aller à quelques confidences :

— Quand j'étais danseuse, j'en ai vu passer des hommes ! Mariés pour la plupart. Les hommes… ils ne pensent qu'à une chose, ce trésor entre nos cuisses… À nous d'être plus malignes. Si pour quelques faveurs, on peut éviter de mourir de froid et d'avaler des rutabagas, et, qu'au lieu de ça, on peut boire du champagne bien au chaud, l'estomac rempli de petits fours… moi je suis partante. Oh, ils ne sont pas tous dupes, mais, peu importe, puisque chacun y trouve son compte. Tu vois ce civil là-bas, avec sa serviette sous le bras ? C'est un trafiquant d'or. Pourquoi crois-tu qu'il est invité à ces petites sauteries ? Tout s'achète, tout se vend. Tout, absolument tout, les corps comme les consciences. Ces beaux messieurs lui achètent des bijoux volés à de pauvres bougres qu'on fait disparaître, pour en parer leurs maîtresses. C'est un vaste marché, mais ce n'est que cela. Des transactions. Du plaisir. C'est tout simple la vie, ça se résume à peu de choses. Notre chance est là ; ces gars recherchent tout ce qu'il y a de plus aisé : une compagnie féminine contre un peu d'or.

— Tu généralises, intervient Madeleine en se saisissant de la bouteille de champagne. Moi, par exemple, j'y suis attachée à Paul.

Manon déploie un rire de gorge méprisant, puis pivote vers moi pour me prendre à témoin :

— Qu'elle est mignonne ! Elle le sait bien pourtant que son petit lieutenant est marié ! Bobonne l'attend bien sagement de l'autre côté du Rhin avec une tripotée de mômes collés à ses jupes.

Bauer est marié ! Madeleine garde le visage baissé vers sa coupe de champagne. Manon continue et me tapote l'avant-bras, absolument à l'aise :

— Tu verras, ma jolie, quand il sera reparti au front ton Roméo, ton confort te manquera plus que son sourire transi. Tu t'en chercheras un autre, un commandant ou un capitaine, un plus gradé, plus riche, mieux placé. Un qui pourra t'en offrir davantage. Il n'y a que l'embarras du choix…

— C'est écœurant, tant de cynisme !

— Manon, soupire Madeleine, tu y vas fort là…

— Oh, oh ! Voyez-vous ça ?

Manon nous dévisage avec une hauteur mâtinée de tendresse.

— Tu connais les règles du jeu, Madeleine, non ? Quant à toi, Adèle, je te mets en garde. Tomber amoureuse de ton officier prussien ? Mauvaise idée ! Donne-lui ton cul, mais jamais ton cœur. Écoute bien, je vais te prodiguer un conseil, le meilleur que tu puisses recevoir : ne t'attache pas à lui ni à aucun des hommes qui portent l'uniforme. Considère-les comme des *ausweis* sur pattes. Ces gars-là, tous, sans exception aucune, sont des morts en sursis. Regarde mieux, et tu verras la faucheuse qui flotte sur leurs têtes… Je vous le dis à toutes les deux, utilisez ces fantômes, mais n'en retirez que ça : leur utilité.

Mon regard erre vers le salon. Le lieutenant discute avec des gradés allemands. Il tire de longues bouffées sur sa cigarette mourante, tandis que son autre main est glissée dans la poche de son pantalon.

Ma gorge se serre. C'est inconcevable, mais j'éprouve soudain à son encontre une sorte d'empathie qui confine à la pitié. J'ai envie de lui prendre la main, de partir avec lui, là, tout de suite, maintenant, sans attendre. De fuir, n'importe où. De retourner dans cette chambre, de refermer la porte sur nous, de ne plus en sortir. J'esquisse un mouvement que je retiens. Il a écrasé sa cigarette et, avec les autres, s'est rapproché de la radio qui crache d'incompréhensibles crépitements germaniques.

CHAPITRE 30

Heinz

La voix du Maréchal du *Reich* s'élève :

« Quel labeur herculéen notre Führer n'a-t-il pas accompli pour forger avec cette pulpe, cette pulpe humaine, une nation aussi dure que l'acier ? Certes, l'ennemi est résistant, mais le soldat allemand est devenu plus résistant que lui ! Nous avons privé les Russes de leur charbon et de leur fer, sans lesquels ils ne peuvent plus produire à grande échelle les armements dont ils ont besoin... S'élevant, tel un formidable monument au- dessus de ces batailles gigantesques, il y a maintenant Stalingrad ! Un jour, on reconnaitra que ce combat a été le plus grand de notre histoire, un combat de héros ! C'est la plus grandiose épopée d'une lutte sans précédent ! Mes soldats, des milliers d'années ont passé et, il y a des milliers d'années, dans un étroit défilé de Grèce, un homme d'une bravoure fantastique résista, avec trois cents soldats, à l'ennemi : c'était Léonidas avec ses Spartiates qui périrent jusqu'au dernier... Et maintenant on peut lire ces mots, gravés là-bas dans la pierre : Voyageur, s'il t'arrive de passer par Sparte, dit aux Spartiates que tu nous as trouvés gisants ici, comme la loi nous

l'ordonnait ! Un jour viendra où les hommes pourront lire ceci ; s'il t'arrive de passer par l'Allemagne, dis aux Allemands que tu nous as trouvés gisants à Stalingrad, comme la loi nous l'ordonnait ! »

Ce discours me tétanise. Les derniers mots prononcés me font l'effet d'une ruade en pleine poitrine. Pour un peu mes jambes céderaient. Abandonner Stalingrad ? Je ne songe qu'à Markus. Un bouillonnement de questions se propulse dans mon cerveau. Autour de moi, les officiers oscillent entre stupéfaction et ferveur ; aucun cependant ne se risque à faire un commentaire à haute voix. Abandonner Stalingrad ! Abandonner des centaines de milliers d'hommes à leur sort ! Quelle infamie ! Hitler n'a-t-il jamais eu l'intention de sauver ces misérables ? Mon esprit peine à raisonner, je reste paralysé par l'écho de cette terrifiante condamnation, soumis à cette détestable sensation de noyade intérieure.

J'avise un verre de scotch qui traîne sur une console. L'alcool s'infiltre entre mes mâchoires crispées et fouette mon désarroi. Je dois rester maître de mes pensées. Réfléchir et analyser pour chasser l'angoisse.

Des rumeurs sur d'éventuelles percées me reviennent au galop et rallument dans l'obscurité de mon âme les braises d'un espoir cruel… auquel je ne dois pas céder. Je me fais violence. La vérité, je la connais, je viens de l'entendre de la bouche même de nos dirigeants. La VIe armée est piégée. Isolée en terre hostile, harcelée par un ennemi déterminé et sauvage, elle se terre et subit perte après perte, perdue dans un hiver de glace et d'obscurité.

Quel dirigeant irait jeter dans la gueule du loup des soldats vaillants pour secourir quelques sections en passe d'être anéanties… ? La réponse est évidente. Personne n'ira les secourir. Ainsi va la loi de la guerre. Les individus ne valent rien. Ils sont sacrifiés au gré des stratégies, balayés d'un revers de main, tels des pions insignifiants dans une partie d'échecs. La rentabilité globale avant tout. Je sais tout ça, mais cette fois je ne songe qu'à Markus.

Où est-il ? Vivant ? Mort ? Des racontars, invérifiables, fluctuants, laissent entendre que des blessés sont évacués par les airs… Mais ces rumeurs datent de plus de dix jours. L'aéroport est-il seulement encore aux mains de mes compatriotes ? Sans aucune considération pour le mobilier, je m'affale au fond d'un canapé, mes bottes sur le rebord de la table basse. Autour de moi, ce n'est qu'alcool et décadence. Dans un fracas de verre brisé, on lance des verres par-dessus les épaules, pour singer la mode russe. Le sol est jonché d'éclats tranchants, qu'importe, puisqu'une fille viendra nettoyer. Les rires sont gras. Je cherche Adèle du regard, je devrais l'extirper de cet endroit écœurant. Je me redresse et j'avise les groupes, je la cherche sans la trouver. Les femmes rient à gorge déployée, les mains baladeuses des officiers s'enhardissent. J'ai besoin d'elle, et d'elle seule à cet instant. Mais une main s'abat sur mon épaule et Otto se laisse tomber près de moi avec un soupir.

— Ne fais pas cette mine Heinz. Markus sera dans les derniers, c'est un coriace. Crois-moi, il est de ceux qui lutteront jusqu'au bout de leurs limites pour tenir tête à ces chiens rouges !

— Mon frère est mort.

Je m'entends prononcer cette réplique surréaliste, et plus que jamais je me sens étranger à moi-même.

— Quel ton dramatique ! Réjouis-toi plutôt ! Qu'est-ce que la mort, quand elle est consentie pour servir l'Allemagne éternelle ? Et qu'est-ce que la perte d'un être cher comparé à la grandeur d'une Nation ? La lutte pour la survie de la civilisation doit primer, tu le sais, nous le savons tous, ça ne se fait pas sans sacrifice. Nous devons atteindre le but ultime, anéantir définitivement la barbarie judéo bolchevique ! Markus n'est pas mort ! Il n'est pas mort ! Qui pourrait oser être triste tant la cause est grande ?

Je dévisage mon beau-frère avec l'envie de lui écraser mon poing sur le nez, d'en faire jaillir le sang, de le rouer de coups ! Markus, le petit frère, le distrait, le timide, aux bras ballants et au visage anguleux, Markus qui n'avait jamais demandé à être soldat, qui se rêvait naïvement professeur de lettres.

Markus qui aimait tant Schiller et Goethe. C'est de lui qu'il s'agit !

Mais je ne peux qu'enfermer ma révolte dans ce corps qui me pèse comme du plomb. J'allume lentement une cigarette ; mes doigts tremblent. Je réalise à quel point le fanatisme d'Otto est profond et incurable. Combien sont-ils comme lui ? À pouvoir sacrifier les leurs sans questions ni remords avec l'aveuglement des fous ?

— Le *Führer* est fin stratège, continue Otto sur un ton vibrant, ces sections vont occuper les Rouges, et nous gagnerons du terrain plus au nord ! Markus et ses frères d'armes sont des héros… Grâce à leur sacrifice, notre grande Allemagne vivra. Allons, Heinz, buvons à la victoire !

Un sous-officier ose une saillie pragmatique :

— Mais, quand même, si tous ces hommes étaient sortis à temps du chaudron, ils auraient pu se reformer ailleurs !

Otto le fusille d'un regard féroce qui me conforte dans mon silence. Mieux vaut retenir sa langue et ses poings : le Conseil de guerre est vite arrivé.

Je prends le dangereux parti d'espérer. Les jours suivants, la rumeur se confirme : il y a des survivants. Des blessés ont été évacués. Ils sont comptabilisés dans les hôpitaux et les casernements de l'arrière. Je me démène auprès de mes relations. Otto lui-même fait effectuer des recherches. Sans résultat. Tous les efforts semblent vains. Trois jours plus tard, la presse annonce la perte de la VIe armée. Les émissions sont suspendues en signe de deuil. Coup de grâce, quelques jours plus tard, une lettre, que j'avais envoyée à Markus, me revient. Apposée au centre de l'enveloppe, d'un gros coup de tampon, la mention « disparu ». Je vois trouble, je brûle d'une colère vengeresse qui ne pourra s'évacuer que par la violence. Cogner contre le mur me soulagerait de la rage qui enfle en moi de façon exponentielle. Pourquoi Markus ! Si jeune et si loin des ambitions guerrières… J'enfouis ma douleur, je refuse de l'exhiber, par dignité d'abord, et puis par prudence aussi. Je fume cigarette sur cigarette, jusqu'à avoir les yeux rougis et la gorge irritée par la fumée. De quoi masquer les larmes qui sourdent à mes paupières. Jamais encore je n'avais envisagé un tel drame, de ceux qui amputent définitivement, qui tranchent dans le vif. Et à présent, comme il est difficile de ravaler ma peine ! Mes pensées m'ankylosent, me rendent malade.

La perte de la VIe armée. Des centaines de milliers d'hommes disparus sans laisser de traces, avalés par la neige sans fond de la Russie. La perte de Stalingrad : cette capitulation à un arrière-goût de défaite. Ne peut-on y voir un basculement fatidique ? L'Allemagne peut-elle perdre la guerre ? Il y a quelques semaines encore, c'était une hypothèse inconcevable. À présent, la question se pose et ne me quitte plus.

La réponse m'est donnée, une dizaine de jours plus tard, en écoutant le discours de Goebbels à la radio. À mes côtés, Otto, l'oreille collée au poste. Goebbels parle à une foule, et nous entendons le public autour de lui, une masse chauffée à blanc, qui répond par de longues minutes d'applaudissements et de cris. Otto, absolument captivé, n'en perd pas une miette tandis qu'à l'inverse, je m'efforce de m'extraire de l'hystérie ambiante. Il faut savoir retirer l'émotion pour analyser et deviner entre les mots choisis ce qui veut être dissimulé. Ainsi, l'Allemagne doit être en bien mauvaise posture pour que Goebbels revienne sur l'exemple du roi Frédéric de Prusse, resté inflexible alors même que la guerre de Sept Ans paraissait perdue : *« Il n'avait jamais assez de soldats ni jamais assez d'armes… Et pourtant, à la fin de la guerre, il était là, vainqueur sur le champ de bataille dévasté… Sa victoire est due à sa force de caractère… Aucun coup du sort n'est parvenu à briser le grand Roi, il a supporté sans vaciller le sort hésitant de la guerre. Son cœur de bronze a eu raison de tous les dangers. »* Ainsi, nous en sommes donc rendus à compter sur la force de caractère de nos soldats ! Comme si cela pouvait être suffisant ! Mais que peut faire le meilleur des soldats s'il n'a ni arme, ni munition, ni essence, ni nourriture ? Si ceux de Stalingrad n'étaient plus ravitaillés, que pouvaient-ils faire, à part mourir ?

Le discours continue, toujours aussi loin de la réalité du front : « *La steppe s'est jetée cet hiver sur notre digne continent, avec une férocité qui dépasse toute imagination humaine ou tout souvenir historique. L'armée allemande forme contre elle, avec ses alliés, le seul rempart digne de ce nom.* » Bien sûr que les combats à l'Est sont imprégnés d'une cruauté inconcevable, loin, bien loin de l'honneur, des dix commandements du soldat qui figurent dans tout livret militaire.

Mais les Russes ne sont pas des hommes comme les autres, voilà pourquoi les règles ne sont pas les mêmes… Soudain, une pensée interrompt ma réflexion. Je me souviens d'avoir pénétré le territoire russe, d'avoir dû faire des centaines de kilomètres avant de rencontrer une résistance sérieuse.

Il n'y avait pas d'armée russe massée à la frontière et prête à déferler sur le monde occidental pour l'anéantir. Comment cette réalité a-t-elle pu m'échapper ?

L'état-major prônait une guerre défensive pour repousser le bolchevisme vers l'Est, loin des frontières du monde civilisé… Et si tout n'était que mensonges… Le discours se poursuit : « *Une guerre sans merci fait rage à l'Est [...]. Il n'y aura pas de vainqueurs et de vaincus, mais seulement des survivants et des exterminés.* »

Envahi de sinistres prémonitions, je regarde Otto qui écoute, perdu dans une sorte de transe, les traits illuminés par la ferveur. « *Voulez-vous la guerre totale ? Oui !!!* » approuve la foule en délire. « *Et maintenant peuple, lève-toi, et tempête, déchaîne-toi* », hurle Goebbels.

Otto exulte. Il se dresse en bousculant sa chaise et pousse un cri sauvage pour accompagner ceux qui hurlent dans le poste radio.

La tête entre les mains, je le dévisage, assommé par trop de nicotine, de nuits hachées, de souffrance.

Abruti aussi par ce discours qui prophétise la fin de la guerre pour bientôt, sous couvert d'une fin impitoyable.

Cette promesse d'apocalypse me reste en travers de la gorge, tout autant que son tableau final : des survivants et des exterminés. Tant d'incohérences, de mensonges, de violence brute.

Je ne sais plus ce que je dois croire ni ce que j'ai envie de croire. Otto a acheté deux bouteilles de Porto pour l'occasion, alors nous allons boire verre après verre, pour fuir, pour oublier et pour faire taire cette conscience tapageuse. Oui, je vais m'abreuver sans retenue jusqu'à m'écrouler ivre mort.

CHAPITRE 31

Adèle

Je ne trouve pas le sommeil. Peut-être à cause de cette pluie battante qui cogne contre la vitre. Ou peut-être aussi parce que, ce soir, une fois encore, je suis seule. Le lieutenant n'est pas venu. Depuis la perte de Stalingrad et la disparition de son frère, il a changé, il est ailleurs, distant, occupé, perturbé. Il se retranche derrière un masque impassible, et s'il n'avait les yeux rougis de fumée et peut être de larmes, je ne pourrais deviner l'ampleur de sa peine.

Le sommeil me fuit, car cette solitude forcée me pèse et m'inquiète. Est-il déjà en train de se lasser de moi ? Avec un soupir bruyant, je me tourne dans le lit. Soudain, se distinguant du rythme régulier de la pluie, des coups sont frappés à la porte. À cette heure tardive, malgré le couvre-feu. Pleine d'espoir, je me dresse sur mon séant, et appelle son prénom. Aucune réponse. Les coups se répètent, péremptoires et hargneux. Qui cela peut-il bien être ? Ce qui est certain, c'est que ce n'est pas lui. L'espoir s'éteint et une peur insidieuse retient mon souffle. La poignée s'abaisse, plusieurs fois d'affilée, me figeant complètement. Enfin des pas dévalent l'escalier et le silence reprend toute sa place. Debout sur mon lit, j'essuie la vitre embuée du vasistas. La rue reste déserte.

Le lendemain, Madeleine a son jour de congé. Elle passe me chercher pour une promenade. Nous déambulons dans les rues, jusqu'aux grilles closes du jardin du Luxembourg, qui portent cet écriteau « Fermé au public, zone militaire ».

— Paul m'a dit que c'était pour l'artillerie, qu'il y a des blockhaus maintenant, explique Madeleine qui me montre du doigt les fils barbelés déroulés dans les allées du parc.

Et puis, brusquement je suis saisie par cette sensation dérangeante, intrusive, d'une présence dans mon dos. Je me retourne, mais il n'y a là que des promeneurs aux allures inoffensives. Un vent froid se lève. Je remonte le col de mon manteau sur mon cou. Nous nous engageons sur le boulevard Raspail, et une pluie glaciale se met à tomber. Bavardant toujours, Madeleine ouvre son parapluie, puis change soudain de ton, prélude à cette manie de faire passer les sujets les plus graves entre les plus anodins, pour évoquer cette nouveauté qui fait scandale. Le service obligatoire en Allemagne. Elle me livre ses inquiétudes :

— Mon petit frère, Georges, tu sais, il paraît que c'est sa classe d'âge qui est concernée.

— Mais Bauer devrait sûrement t'arranger ça, non ?

— Je vois mal comment…

— Il pourrait lui trouver un travail ici ?

— Non, ne crois pas ça. Il ne voudra jamais se mouiller, il a bien trop peur d'être renvoyé à l'Est. Lui, tout ce qu'il veut, c'est rester planqué. Et puis, si sa femme apprenait quelque chose, elle pourrait bien vouloir divorcer, et alors, il aurait de gros problèmes d'argent.

Un silence s'installe avant que je n'ose demander :

— Ça ne t'embête pas qu'il soit marié ?

— Non. J'ai droit à ses confidences. Si tu savais ce qu'il me raconte sur elle ! À sa dernière permission, elle était devenue une vraie mégère ! Elle n'est pas allée le chercher au train, et elle lui a ouvert la porte avec ses bigoudis sur la tête. Dès qu'il voulait sortir boire un verre, elle n'a fait que le houspiller. Et puis, tu sais, en quatre ans, il ne l'a vue que trois fois. Alors non, je ne suis pas jalouse. La seule chose qui m'embête c'est quand la guerre sera finie… Je crois que ce jour-là, il retournera quand même avec elle.

— Et ça ne te fait rien ?

— Si, mais que veux-tu ! Notre histoire n'est pas faite pour durer. Si les Allemands gagnent cette guerre pour de bon, Paul sera démobilisé et rentrera chez lui. S'ils perdent la guerre, et c'est peut-être ce qui va arriver, alors quel Allemand pourra venir vivre ici ? Tu vois bien, c'est sans issue. Tu devrais t'y préparer aussi, de ton côté.

— C'est différent, je… il n'a pas d'attaches ailleurs.

— Il est Allemand, bon sang ! Adèle, bien sûr qu'il a des attaches ailleurs. Marié ou non, il n'est pas d'ici, il n'a pas les…

À ce moment, elle est interrompue par le vrombissement d'un moteur ; roulant dans une flaque profonde, un camion militaire nous arrose copieusement avant de freiner et s'arrêter à une dizaine de mètres.

Nos bas, les pans de nos manteaux et nos jupes sont trempées d'eau boueuse.

— Oh, les salauds ! murmuré-je comme nous subissons les regards égrillards des soldats qui sautent par-dessus le hayon.

Une bourrasque de vent emporte le parapluie qui voltige jusqu'à terminer sa course contre un réverbère. Aussitôt, une silhouette renfonce son feutre sur ses yeux et tourne les talons. Cet homme m'est familier, c'est certain, mais il a disparu si vite… Je ramasse le parapluie et rejoins Madeleine qui s'abrite sous le dais de l'hôtel Lutetia.

Est-ce que mon imagination me joue des tours ?

— Mademoiselle Adèle !

Surgi de nulle part, juste devant moi, se trouve Otto Meyer. Il sort de sa vaste cape cirée noire, une main avenante, et, sans réfléchir, je lui tends la mienne.

— Entrez, mesdemoiselles. Il fera moins froid à l'intérieur que sous la pluie.

Madeleine accepte avec empressement et nous pénétrons dans le vestibule luxueux de l'hôtel. Meyer nous dirige vers des fauteuils rayés bleus et jaunes avant de prendre congé. Je me laisse choir dans l'assise.

— Nous allons détruire ces brocarts avec nos jupes boueuses, plaisanté-je.

Madeleine glousse tandis que machinalement, j'attrape une revue qui traîne sur le guéridon de marbre, et je la compulse sans vraiment la regarder.

— Tu lis l'allemand toi ? me taquine Madeleine.

Un bref coup d'œil à la couverture et à ces lettres gothiques me confirme que j'ai l'esprit ailleurs.

Avec une grimace, je jette le magazine sur le fauteuil voisin.

— Allez, assez traîné ici, partons.

— Il pleut à verse ! On est bien ici.

— Tu te rends compte de ce que tu dis, Madeleine, tu vois où on est là ?

— J'ai froid et de l'eau plein mes chaussures… Mais si tu préfères sortir…

Je jette un regard vers le rideau de pluie qui dévale le long des vitres.

— Bon, on attend. Cinq minutes.

— Tu n'as pas l'air dans ton assiette.

— C'est le moins qu'on puisse dire. Nous sommes dans l'antre de l'enfer, ici.

Madeleine me dédie un sourire sarcastique :

— Un antre qui te protège tout de même du déluge.

Je lui concède un demi-sourire, et rapproche mon fauteuil du sien :

— C'est pas tout… Je crois bien que je suis suivie.

— Suivie ?

— Cette nuit, on a essayé d'ouvrir ma porte. Et puis là, je n'en sais rien, mais j'ai l'impression qu'un homme m'a suivie devant le jardin et qu'ensuite, il était là, ici, enfin à l'entrée, tout à l'heure, quand le parapluie s'est envolé.

— Tu te montes la tête.

— Je crois pas.

— Si c'est le cas, rassure-toi, il doit être parti. Personne ne fait le pied de grue devant le siège des services de renseignements allemands.

— Tout dépend pour qui il travaille.

— Quoi ? Les Allemands feraient suivre les maîtresses de leurs officiers ?

— Pourquoi pas ?

— M'étonnerait. Cherche autre chose. Tu n'as pas trempé dans des affaires louches avec Manon au moins ? Méfie-toi d'elle. On ne sait pas trop de quel côté elle est. Elle coucherait avec un *Sturmbannfuhrer*, un gradé de la Gestapo si tu préfères. Apparemment, c'est elle qui serait à l'origine du démantèlement de tout un réseau. Mais son amant la garde à l'œil, il la soupçonne de jouer sur les deux tableaux.

— Tu fais bien de me dire tout ça, mais, non, je n'ai rien à voir avec elle. La seule fois où je l'ai vue c'est l'autre soir, chez Meyer, avec toi.

— Tant mieux. Si je peux te donner un conseil : méfie-toi de tout le monde, surtout dans ce genre de soirée. Les espions ce n'est pas ce qui manque à Paris, que ce soient des hommes de Londres, des communistes ou des nazis. Fais comme moi, ne t'aventure pas sur des sujets sensibles. La jolie idiote, c'est le rôle parfait.

— Et qui me dit que tu n'es pas une espionne toi aussi ? Tu as l'air bien au courant pour Manon ?

Madeleine rit et chuchote :

— Moi ? Et pourquoi est-ce que je t'aurais dit tout cela si j'étais une espionne ? Je serais vraiment bête dans ce cas !

— C'est vrai. Ou très maligne.

— C'est Paul qui me rencarde. Il y a pas plus bavard qu'un homme après l'amour. Tu dois savoir ça, toi aussi…

— Le lieutenant…

— Son prénom ?

— Heinz. Heinz est différent. Il est plutôt secret.

— Tant mieux, moins tu en sais, plus tu as la conscience tranquille.

Nous quittons l'hôtel dès que la pluie se tarit et je rentre en trottant jusqu'à la pension, pressée de pouvoir ôter cette jupe humide qui va me rendre malade.

Pourtant, sur le palier, un homme m'attend. Je le reconnais aussitôt. Il est là, ennuyé, abattu, fâché… Il n'a pas supporté que je trahisse, que j'arrache ma liberté, que je l'offre à l'ennemi.

Et soudain, je regrette d'avoir envoyé cette lettre à maman, et de lui avoir donné cette adresse.

— Tu me fais visiter ?

Ce n'est pas une question, c'est un ordre.

J'obéis, je sors la clé de mon sac. La tige tremblote dans la serrure, mais le mécanisme se déverrouille.

Aussitôt la porte ouverte, mon frère, Guy, puisque c'est lui, me bouscule nerveusement avec son épaule. Il veut me devancer et s'imposer dans cette petite chambre minable.

— Ma venue te laisse bien silencieuse, fait-il en balayant la pièce d'un regard méprisant.

Il pivote, inquisiteur, et saisit la tablette de chocolat entamée qui traîne sur la table. Il la soupèse avec une ironie songeuse.

— Cet endroit n'est pas grandiose. Tu le laisses te baiser pour… une pension miteuse et quelques tablettes de chocolat ? Je croyais pourtant que les Allemands payaient le prix. Pour une pute, t'es pas très exigeante.

— Laisse tomber les insultes, Guy.

— Tu les mérites pourtant.

— Et c'est pour ça que tu es à Paris ? Gronder ta sœur désobéissante ?

— Ne te rends pas plus intéressante que tu ne l'es Adèle. J'ai d'autres priorités que de me préoccuper de ta vertu. Figure-toi que les boches ont voulu me coincer, j'ai dû fuir Angers dans la précipitation.

— Et te voici à Paris. En quête d'un toit ?

— Pas du tout. J'ai des relations ici.

— Maman va bien ?

— Non. Tous ses cheveux ont blanchi la nuit après ton départ. Justin ne donne aucune nouvelle. Alors, nous trois, c'est la mauvaise pioche. Un peu comme si elle avait perdu ses enfants. Encore que Justin et moi, on suit les traces de papa, elle pourra toujours cultiver notre souvenir si ça tournait mal pour nous. Tandis qu'une catin à boches…

— Ne dis pas ça !

— Eh bien, en tout cas, elle ne veut plus entendre parler de toi, alors tu ferais mieux de l'oublier. Il fallait y penser avant. Figure-toi que tes amis sèment la terreur à Saint-Liboire. Dix otages fusillés pour un attentat manqué le long des voies, de pauvres types qui n'ont rien compris à ce qui leur arrivait. Et puis, finalement, les coupables ont été retrouvés. On les a tués eux aussi. Mais, bon, c'était trop tard pour les otages. Et tu sais comment ils les ont identifiés ? À cause d'une femme.

Je soutiens le regard méprisant avec lequel il me considère.

— Je n'ai rien à voir avec ça et tu le sais.

— Tu ne sais rien ! Tu n'es qu'une gamine qui ne sait pas où elle met les pieds ! Dans quel monde vis-tu ? Tu te rends compte des ordures que tu fréquentes ? Meyer, un des pires salauds de la capitale, qui fait torturer et fusiller des compatriotes à tour de bras… Tu sais ce qu'il ordonne à ses sbires ? Tu sais comment il arrache des aveux ? Je vais te le dire, Adèle, et tu ferais bien d'ouvrir les yeux ! Le supplice de la baignoire, les aiguilles enfoncées sous les ongles, les dents limées, les jambes brisées à coups de bâtons, les pieds entaillés au rasoir… Mais je peux te donner plus de détails si tu veux. Non ? Ça n'a pas l'air d'aller ? Peut-être que ça te passera l'envie d'aller à tes petites soirées chez Meyer, dans son appartement spolié à un Juif qu'il a dû envoyer dans un de ces camps en Allemagne ou en Pologne. Tu écoutes Radio Londres parfois ? Tu devrais. C'est fou ce qu'on y apprend, notamment sur la destination que prennent tous ces wagons à bestiaux qui filent vers l'Est !

Je réprime une vague envie de vomir. Bien sûr que la Gestapo torture, mais mon amant lui n'est pas de la Gestapo, c'est un homme droit et juste, un homme d'honneur. Rien à voir avec Meyer et ses comparses. En tant que frère aîné, Guy semble attendre que je fonde en larmes et que je m'amende. Peut-être même que je me jette à ses pieds. Je ne lui donnerai pas cette satisfaction.

— Efface-moi cet air buté, sœurette. Ce que je te dis, c'est pour ton bien. Tu ne dois pas ignorer que depuis la chute de Stalingrad, la victoire a changé de camp. Un jour viendra, bientôt, et les Fritz vont déguerpir. Tous les collabos se balanceront au bout d'une corde. Penses-y. Tant qu'il est possible pour toi de revenir à la raison.

— Je n'ai rien à me reprocher. Toutes les horreurs que tu viens de me débiter ne me feront pas changer d'avis. Ce n'est pas que je ne te croie pas, mais je n'en suis pas responsable.

— Indirectement, si. Puisque tu te fourvoies avec ces ordures. Ce sont bien tes amis, non ?

— Pour la dernière fois, ce ne sont pas mes amis ! Tout ce qui m'importe, c'est le lieutenant.

— Ne sois pas stupide avec cette histoire ! Tu t'es assez ridiculisée comme ça ! Ton amourette est vouée à l'échec. Et moi, je t'offre une chance de te racheter. On a besoin de toi pour récupérer des documents au Lutetia.

— Hors de question. Je ne ferais jamais rien qui puisse lui nuire.

— Tu le feras. Parce que ça pourrait bien te sauver la vie un jour prochain.

— Ma vie n'est pas menacée.

— Elle le sera bientôt.

— Assez ! Maintenant, pars d'ici.

— Mauvais choix.

— Sors !

Une brusque montée de larmes me serre la gorge.

La main crispée sur le pommeau du lit, je fixe le rectangle de la porte demeurée ouverte, qui dans le halo flou de mes larmes, tangue et vacille. L'humidité salée se perd sur mes lèvres, dans ma gorge.

Une silhouette floue s'encadre devant moi. Trop petit, trop râblé. Ce n'est pas Heinz.

Dans un français laborieux, le soldat annonce que le lieutenant viendra me chercher dans une heure pour dîner. J'acquiesce. Le militaire hoche la tête, vaguement méprisant, puis tourne les talons. Ses bottes cloutées dévalent l'escalier.

Mon état d'esprit est communicatif. Heinz est replié dans une gravité qui m'intimide au plus haut point. Quand il a cette expression martiale, quand il darde ses pupilles implacables sur moi, il redevient l'officier ennemi.

Nous nous enferrons dans un mutisme partagé, jusqu'à ce qu'il se décide à ouvrir la bouche :

— Tu vas mal.

— Au moins, tu n'es pas complètement aveugle.

— Ni sourd.

Je fais la moue.

— Explique-toi, m'intime-t-il.

Le verre tourne entre mes doigts. Je me mordille la lèvre pour ne pas répondre trop vite. Je ne peux pas tout lui dire.

— Je suis inquiète.

À sa façon de m'observer, je sais qu'il ne va pas se contenter de ma réponse évasive. Il fronce les sourcils.

— À quel sujet ?

— Ma famille.

— De mauvaises nouvelles ?

— Mon frère est venu me voir. Il voudrait que… je revienne.

— Ah. Et toi, que veux-tu ?

— Je veux rester avec toi.

Il plonge dans un silence indéchiffrable.

— L'opinion de ton frère compte pour toi, Adèle ?

Je hoche la tête, gorge nouée.

— Oui, évidemment… mais mon choix est fait désormais. Je suis là, auprès de toi.

— La famille c'est important.

Je perçois des regrets dans sa voix.

Est-ce qu'il regrette de m'avoir mise devant le fait accompli ? Est-ce qu'il songe à son frère cadet ?

— Je sais que toi aussi, ton frère… balbutié-je sans savoir comment terminer cette phrase.

— Mon frère est mort, tranche-t-il. C'est l'ordre des choses. Un soldat meurt à la guerre. Pas dans un lit.

Un tel cynisme colore ces mots ! Cependant, je devine la terrible blessure qui vient obscurcir le bleu pâle de ses pupilles où fatalisme, ressentiment et tristesse se disputent la place.

— La volonté ne change rien à rien, poursuit-il. Le monde fait ce qu'il veut avec chacun de nous… Personne n'échappe à sa prison.

— Si, bien sûr que si, la liberté existe. À toi de savoir quel est son prix.

— Des mots, Adèle, rien que des mots.

— Non des faits. J'ai tout laissé derrière moi, est-ce que ce n'est pas une preuve suffisante pour te montrer que le choix existe ?

Il se tait, mais ses lèvres s'incurvent finement. Si finement que je me demande aussitôt si je suis en train d'inventer ce pâle sourire qui s'accroche à ses pommettes.

CHAPITRE 32

Heinz

— Défaitisme ? Non, non, c'est impossible, major. Des semaines que je côtoie Bauer. Pas une seule fois il n'a eu un mot de travers.

— Ce n'est pas ce qui a été rapporté, lieutenant. Vous apprendrez qu'il a remis en question la stabilité du front Est, critiqué la conduite de la guerre et répandu des informations de propagande entendues sur les radios ennemies dans le but de démoraliser les troupes.

Bien que je ne porte pas Bauer dans mon cœur, la nature des accusations portées me rend nerveux. L'acharnement à censurer les consciences est le miroir de notre faiblesse. Incapable de demeurer statique, je passe d'un pied sur l'autre afin de contenir mes bras tendus le long de mon corps.

— Il devait être saoul, dis-je. Il est bien trop lâche pour tenir ce genre de propos à jeun !

— Lieutenant Sieber ! siffle le major Hanker en replaçant son monocle sur son œil. Dois-je comprendre que, selon vous, le courage s'apparente à la rébellion ?

Je fais fi de sa question.

— Qui l'a entendu tenir ces propos ?

— Vous n'avez pas répondu à ma question Sieber ! Si vous jouez à la forte tête, croyez-moi, vous ne perdez rien pour attendre.

— C'est une menace, major ?

— Vous avez de la chance d'être le beau-frère du *Sturmbannführer* Meyer. Mais il ne pourra pas vous protéger éternellement. Un seul faux pas et…

— Et quoi, vous me mettez aux arrêts comme Bauer ? L'Allemagne n'a donc plus besoin de ses officiers ?

— Suffit ! Vous dépassez les limites ! Bauer, ce n'est plus mon affaire. Le Conseil de guerre décidera de son sort. Quant à vous, outre vos absences injustifiées et votre manque de respect pour la hiérarchie, il se dit que vous fréquentez une Française. Vous vous mettez dans de sales draps lieutenant, et moi, je vous ai à l'œil. Foutez-moi le camp, allez reprendre votre poste.

Je claque des talons avec exagération.

— Disposez lieutenant !

J'enrage ! Défaitisme ! Bauer devant le Conseil de guerre. Pour lui, ce sera le bataillon disciplinaire au mieux, le poteau au pire. Ce qui est, à peu de choses près, équivalent. Je sais ce qu'il me reste à faire. Je file à travers un dédale de couloirs impersonnels jusqu'à la volée de marches qui mène aux cuisines. Le front en sueur, au-dessus d'un énorme chaudron, Madeleine remue énergiquement une soupe dans des relents de navet et de lard. Sans la ménager, je l'attire à l'écart.

— Je dois vous parler. Vite.

— Mais… mais lieutenant, je…

— Écoutez bien. Bauer est aux arrêts. Pour défaitisme. Il va passer en Conseil de guerre.

Elle me regarde avec une stupeur horrifiée.

— Défaitisme ! C'est grave ça ?

— Il risque la mort. Il va lui falloir une solide défense. Je suis désolé de vous dire ça de façon si brutale. Je n'ai pas de temps, mais si vous voulez, je peux lui faire parvenir un message.

Choquée, elle ne réagit pas. Je lui secoue les épaules avec une rudesse augmentée par ma colère.

— Un message pour lui ? grogné-je.

— Oui… oui. Je vais lui écrire quelque chose !

— Vous me donnerez ça ce midi, au mess. N'en parlez pas. À personne. C'est sûrement le seul message que je pourrais lui donner, alors… faites au mieux, choisissez vos mots. Rien d'imprudent. Au cas où…

— Il lui resterait une chance ?

Je fuis son regard, et je la plante là.

Un papier est refermé en quatre dans les plis de ma serviette de table. Tout en gardant cet air neutre qui me colle au visage, je fais glisser la missive dans l'ouverture de ma manche. Toutes ces années, j'ai appris à garder mon sang-froid. Il suffit d'agir calmement pour passer inaperçu. La confiance ouvre tant de portes. À commencer par celles des geôles. Soudoyer la sentinelle n'est pas très difficile, c'est un pauvre hère à peine sorti de l'adolescence qui claque des talons à la vue de mon grade. Tout en lui intimant l'ordre de me laisser accéder aux cellules du sous-sol, je lui fais don d'une généreuse poignée de cigarettes. Le préposé s'exécute et me voilà face à Bauer. Teint grisâtre, uniforme chiffonné, il a l'œil morne des gens résignés. D'une main molle, il accepte le message que je lui tends à travers la grille. La fureur qui m'étreint me donne envie de le battre. L'injustice dont il est victime me tord les boyaux, parce que je sais qu'il est bon officier, et bon patriote. J'ai du mal à accepter de le trouver ici. Il lit les lignes dérisoires, mal écrites, mais sans doute sincères de sa maîtresse. Il me lance un regard humide, il devine que je les ai lues avant lui. Question de sécurité. Je ne risquerais pas ma peau pour un mot doux. Je colle mon front contre le fer, et un instant j'ai le sentiment de ne plus savoir de quel côté des barreaux je me trouve. Son reniflement m'est insupportable.

— Bon sang ! Mais qu'est-ce qui t'est passé par la tête ?

Le prisonnier a les épaules secouées par un rire nerveux.

— La vérité, simplement ! La guerre est perdue… Il faut signer un accord avant d'être massacrés.

Sa lassitude m'étreint. Je reste silencieux. Je ne suis pas naïf au point de croire à toutes ces inepties que le régime essaye de nous faire avaler, jour après jour. La victoire tant annoncée s'éloigne de jour en jour, mais… enfin… une reddition ! Ce serait une dernière humiliation avant l'anéantissement. Trop de sang a été versé. Goebbels, dans son terrible fanatisme, a-t-il vu juste ? Vaincre ou mourir, il n'y a pas d'autre option pour notre peuple.

— Frida et les enfants sont morts.

— C'est donc ça. Un bombardement ?

— Quoi d'autre ?

— Et tu veux mourir ?

— Je suis seul maintenant ; je n'ai plus de raison de jouer cette sinistre comédie.

— On est tous seuls, en fin de compte. Mais… Madeleine, elle t'aime bien.

— Je lui simplifie la vie, c'est tout. Il n'y a pas d'avenir pour nous deux. Comme ça, elle sera libre.

Sa remarque résonne douloureusement dans ma poitrine. Je rugis à son attention comme à la mienne :

— Ressaisis-toi, bon sang !

En réponse, Bauer ricane et son mépris de la vie me fait mal. Parce qu'il est le reflet de mon existence absurde.

— T'as demandé un avocat ?

— Comme si un avocat pouvait servir à quoi que ce soit devant le Conseil de guerre…

— C'est pour quand ?

— Je ne sais pas, le plus tôt sera le mieux.

— Il faut préparer ta défense ! Tu as d'excellents états de services ! Il te faut des témoins, je témoignerai en ta faveur…

— Je veux en finir, Heinz.

Bauer sanglote à gros bouillons. Des larmes roulent sur ses joues ridées, mouillent sa chemise souillée. Il passe une main dans sa chevelure grisonnante, mais malgré cela, ou à cause de cela, de ce geste puéril, de ce chagrin bruyant, il ressemble à un enfant pathétique. Par quelques paroles d'encouragements, j'essaye de le secouer, de lui insuffler de l'espoir, de la dignité, de lui redonner de la combativité. Mais je n'y crois guère. Je me tais, parce qu'au fond, ce serait cruel d'insister. C'est lui qui a raison. Mieux vaut en finir. Il s'est retourné vers le fond de sa cellule, et son dos, aussi voûté que le plafond, est la dernière vision que j'ai de lui.

Je l'apprends le lendemain matin. À mon arrivée, je suis convoqué dans le bureau du major Hanker. Celui-ci sautille autour de sa table de travail sur laquelle il prend plaisir à amonceler toutes sortes de dossiers plus ou moins vides. Ce matin-là, justement, le regard de mon supérieur vibre d'une inquiétante joie malsaine.

— Bauer s'est suicidé cette nuit, pendu avec un drap. Il a fait ce qu'il avait à faire, ça nous évitera de perdre davantage de temps et d'énergie.

J'encaisse la nouvelle, à moitié surpris.

— On a retrouvé sur lui une lettre qui n'est pas signée bien sûr. Après enquête, le gardien a avoué que c'est vous qui aviez remis ce pli à Bauer hier après-midi. Il affirme que vous l'avez corrompu avec des cigarettes.

Je reste impassible, je soutiens son regard de hyène.

— Vous savez qu'il est interdit de transmettre du courrier aux prisonniers sans passer par le service de censure, c'est le règlement, article 228. Quant à la corruption, je ne vous fais pas l'injure de vous citer le texte qui la sanctionne.

Le major soulève quelques piles de paperasse — toujours les mêmes —, puis ouvre un tiroir pour y plonger sa grosse main. Il brandit le courrier, sans pouvoir contenir son excitation et ricane, triomphant :

— Je vois que vous avez déjà obtenu la croix de fer, ce que d'ailleurs je ne m'explique pas, enfin, passons. Je sais que vous brûlez de faire preuve de votre courage et de votre dévouement afin de pouvoir épingler d'autres décorations sur votre uniforme de soldat du *Führer*. J'ai donc une merveilleuse nouvelle pour vous. Vous partez rejoindre vos camarades de la troisième division blindée sur le front dès demain. Bien entendu, je vous ai muté dans un secteur exposé où vous serez à même de faire vos preuves et d'obtenir, peut-être, la croix de chevalier. Quant à votre beau-frère, hélas, ne comptez pas sur lui. Je crois que sa protection a des limites, et qu'il s'est accoutumé à la vie parisienne… Je ferai transmettre votre ordre de marche dans la journée. Adieu donc ! Et cap à l'Est, pour la mort du héros. Allez ! Vous pouvez disposer, lieutenant Sieber. Et si vous pensez…

Un fracas dans mon dos interrompt le monologue de mon supérieur.

Une voix puissante rugit derrière moi.

— Major Hanker ! Qu'est-ce que j'apprends à l'instant ! Un suicide d'officier dans vos prisons !

Le major se cabre, et sa face se vide de toutes couleurs.

— Colonel. L'affaire est réglée. Le lieutenant Sieber, ici présent, est renvoyé sur le front de l'Est.

— Quel est le rapport avec le suicide de l'officier Bauer ? Vous me prenez pour un idiot, major ? L'officier Bauer était le cousin d'un des meilleurs amis de Himmler. Je viens de l'avoir au téléphone à l'instant. Il est furieux, il réclame votre tête.

Abasourdi, je laisse mon regard aller du colonel au major. L'un est plein de morgue, tandis que l'autre se tasse sur lui-même. Un sourire vengeur me chatouille les lèvres.

Le colonel, un petit homme à la démarche nerveuse, pochette sous le bras, s'avance devant le bureau encombré et y jette un papier tamponné.

— Signez là, major. C'est votre demande pour rejoindre le front.

D'une main devenue tremblante, le major attrape le crayon qui lui est tendu pour apposer une signature approximative en bas de la feuille, que le colonel fourre aussitôt dans la pochette qu'il tient sous son aisselle.

— Vous gagnerez des médailles, major. Et vous, lieutenant, cessez ce sourire idiot ou c'est le Conseil de guerre, aboie le colonel, qui, rouge de colère, claque la porte.

— Le monde a encore cela de beau qu'il peut nous surprendre, lancé-je crânement au major en quittant le bureau à mon tour.

Mais si mes paroles sont provocantes à souhait, je mesure ce que je viens de perdre.

Nouvelle preuve de l'efficacité allemande : l'ordre de marche m'est transmis sans délai ; la dernière ligne du document indique ma destination. Un nom russe, évidemment. Pas de surprise de ce côté-là. Les tempes battantes, j'essaye de rester concentré sur les informations transmises par ce bout de papier qui va m'envoyer en enfer. Je déchiffre les détails de l'itinéraire, consulte les cartes et les dernières nouvelles du front, je fais réunir les sous-officiers pour faire le point sur la gestion des dossiers que je vais laisser derrière moi, puis je demande à la secrétaire de me réserver une table pour dîner à *La vie parisienne*. De retour à l'hôtel, je boucle ma valise et descends m'acheter une réserve de cigarettes de contrebande, de manière à tenir plusieurs semaines. Rien ne manque davantage au confort du soldat que les cigarettes. L'Est regorge de cet infect tabac oriental hors de prix. Depuis le téléphone du hall, je compose le numéro de ma mère. L'appel n'aboutit pas, la ligne est en dérangement. Je me reporte sur le numéro de Christa. La gouvernante me répond qu'elle est sortie rendre visite à une amie avec les enfants et propose de prendre un message. Inutile. Je me sens las. Je sais ce que je suis en train de faire : fuir lâchement le tête-à-tête avec Adèle.

Comment lui annoncer mon départ ? Je ne pense qu'à elle, qu'à cet instant qui se rapproche. Machinalement, je gravis les escaliers jusqu'à cette chambre impersonnelle qui fut mienne ces derniers temps.

Absorbé par mes sinistres pensées, je grille une cigarette tout en écrivant à mon père. Une lettre courte, sans état d'âme, dans laquelle je lui demande de ne pas inquiéter ni ma mère ni mes sœurs. La lettre sera confiée aux services de la *Feldpost* qui tient une permanence à l'hôtel. Enfin, je me résous à quitter la chambre tiède de cet hôtel parisien, pour rejoindre Otto à son bureau, hôtel Lutetia. Je vais devoir mettre mon orgueil de côté le temps des négociations.

La nuit tombe lorsque je donne à mon chauffeur l'adresse d'Adèle. Elle s'engouffre dans ma voiture dans un courant d'air, et aussitôt se colle contre moi. Ses formes tendres épousent la rudesse de mon épaule, je la devine douce et tiède malgré les couches de tissus. Sa chaleur, l'odeur simple de sa peau, de ses cheveux, m'assaillent. Je passe mon bras autour de ses épaules, lui embrasse le front, les joues, les lèvres, sans trop m'attarder. Je brûle à son contact, mes sens s'emballent, mais je sais aussi ce que je vais lui infliger.

Je dois rester maître de moi-même. L'habitacle confiné devient notre refuge contre la froide nuit d'hiver. Elle jette un regard au dehors, je l'imite, et tous deux nous contemplons l'astre de la nuit qui joue à cache-cache entre les nuages et les toitures, et dont la clarté blême caresse la noirceur de ce monde fantôme.

Nous enjambons les eaux scintillantes de la Seine, et nos regards convergent vers ces myriades de points mouvants, avant de se reporter sur les rubans d'asphalte. Le dédale de rues anonymes m'indiffère, et ma tête me paraît sur le point d'imploser.

L'ambiance décadente du Paris qui s'amuse est ailleurs, derrière des volets clos, au-delà d'une porte comme les autres, il y a la chaleur, les rires, les bouteilles de champagne, les parfums capiteux.

La main d'Adèle est bien serrée dans la mienne, et je sens ses veines palpiter à mon poignet.

Nous avançons entre les tablées jusqu'à un renfoncement, à droite de la scène. La table est dressée de couverts d'argent qui reposent sur une nappe impeccable. Je commande deux filets de veau et une bouteille de vin d'Anjou. Nous entamons le repas en silence, elle picore tandis que j'engloutis les bouchées sans pouvoir sortir un son. Aucun mot ne veut franchir mes lèvres, et elle, au lieu de me questionner, elle ne me dit rien. Est-ce qu'elle devine que si je commence à lui parler, je vais la détruire ?

Je me remplis de nourriture, mais je me sens si vide.

L'aveu est là, sur le bout de ma langue. Ma fourchette crisse sur le rebord de l'assiette. Je termine mon verre d'un trait, j'attrape mon briquet.

— Je pars pour la Russie. Demain.

Voilà c'est dit. Une bulle de silence éclate autour de nous.

Adèle porte une main à sa bouche. Je mesure à son regard désemparé le choc qui la secoue, et cette onde me traverse avec violence. Je réalise enfin mes mots, et la portée de mon annonce terrifiante. Des picotements me tiraillent la nuque. Ma brûlure se rappelle à moi tandis que le dossier de ma chaise brusque mon dos, et que mon ceinturon sangle ma taille. Un chagrin intolérable m'écrase les poumons. Je triture mon briquet. Geste maladroit qui me relie soudain au monde qui m'entoure. La voix suave qui susurre le refrain de Lili Marlène me saute aux oreilles, tout autant que les applaudissements et les sifflets des spectateurs. Réjouie, la salle bouillonne. Mais je ne parviens pas à me défaire de mon malaise : en face de moi, Adèle n'est plus qu'une image muette et immobile. Si lointaine. Déjà perdue peut-être. Je voudrais la consoler. Je m'en sens incapable. Mes paroles sont dures et précises.

— Je t'enverrai une partie de ma solde. Otto te prêtera de l'argent en mon nom, si tu as besoin.

Adèle hoche à peine la tête, son menton tremble. J'imagine les efforts qu'elle fournit pour ne pas fondre en larmes. Sa mine m'attriste au plus haut point, bien plus que je ne l'aurais cru possible.

Si nous n'étions pas dans un lieu public… mais nous sommes entourés des plus hauts gradés de la capitale. Je me racle la gorge.

— Il y a des postes d'infirmières à l'hôpital militaire, Otto te fera entrer sans problème si tu veux. Il est très influent, tu peux lui demander beaucoup de choses. Enfin, si la situation le permet… Et… s'il m'arrive quelque chose…

La chanteuse s'est tue. Je baisse la voix, et referme mon briquet :

— S'il m'arrive quelque chose…

— Otto me le dira.

— C'est ça. Mais ne lui accorde pas ta confiance. Compris ?

— Entendu.

CHAPITRE 33

Adèle

Presque en courant, comme deux fuyards, nous avons traversé la cour et grimpé l'escalier quatre à quatre. Sa main gantée broie la mienne au moins aussi fort que ses mots ont broyé mon cœur, tout à l'heure, dans ce cabaret bondé.

Mes oreilles bourdonnent encore de ses mots, de cette annonce si brutale que je ne parviens pas à croire. La nausée flotte dans ma gorge, me révulse l'estomac, je le hais et pourtant je le veux, au plus près de moi, avec moi, en moi pour toujours. L'espace entre nos corps est réduit, puisque seules les épaisseurs de nos vêtements hivernaux nous séparent tandis que nous nous enlaçons et qu'il referme la porte d'un coup de botte. Sans mesure, il arrache son manteau, fait valser le mien, et sa bouche collée sur la mienne m'insuffle une chaleur qui ranime autant mon désespoir que ma faim. Il me dévore de baisers, me presse contre lui, me palpe, me pince, me blesse autant que j'en ai besoin. Je l'encourage, car oui, j'ai besoin de sentir sa force, de le sentir vivant. Le matelas grince sous le poids de nos corps réunis, et je réponds à son ardeur, je m'agrippe à lui, je me nourris de sa fougue qui me fait émerger peu à peu de ma torpeur. Le plaisir m'aveugle et s'éparpille en moi tandis que je serre entre mes bras et entre mes cuisses, celui qui va me quitter.

Lorsqu'il se détache de moi, je ne peux retenir mes larmes, et j'éclate en lourds sanglots.

Assis au bord du lit, il me contemple. Une infinie tendresse baigne son regard d'acier, tandis qu'il secoue lentement la tête :

— Tu ne m'aides pas comme ça…

Je passe mes bras autour de ses épaules, ma poitrine nue collée contre son dos, mon visage niché dans sa nuque. Je le respire.

— Tu pourrais déserter, te cacher… Tu pourrais le faire.

— Non. C'est impossible.

Sa voix résonne dans son thorax et vient percuter mon cœur.

— Même pour moi ?

— Ce n'est pas la question, tu le sais.

— Si ça l'est !

Ma protestation lui arrache un petit rire contrit. Il marmonne en allemand, je le laisse faire, les sons gutturaux qui s'ancrent dans mon âme sont aussi piquants que des milliers d'aiguilles chauffées à blanc.

— Tu me traduis ? marmonné-je, toujours collée contre lui.

Je frissonne. J'ai la chair de poule, et le dos de mon amant, couvert d'une mince pellicule de sueur glacée, se refroidit contre ma peau. Il pivote, et son œil avisé croise le mien. Je lui souris sans équivoque et sa bouche me répond :

— Viens plutôt sous les draps, me jette-t-il en me basculant sous lui.

Plus tard, il me traduit. C'est un poème. Tout se passe sur le Rhin. À un endroit où les flots sont agités par des courants contraires, de puissants tourbillons se forment entre les récifs immergés. Un lieu dangereux. Assise sur un rocher qui domine le fleuve, tout au bord du précipice, Lorelei, jeune fille vêtue d'une robe de lin blanc, vient peigner ses cheveux d'or. Et elle chante, tant et si bien qu'elle envoûte les bateliers qui délaissant la barre de leurs navires, conduisent ceux-ci au naufrage. Fin de l'histoire. J'ai compris.

— Une nymphe qui cause la perte des hommes. Original.

— Peut-être pas. Mais tu dois comprendre que je ne peux pas me détourner des miens. Ni pour toi ni pour personne.

Allongée contre lui dans la tiédeur de nos corps mêlés sous la couverture, je pose ma tête sur sa poitrine. Les battements sourds de son cœur m'apaisent et me torturent à la fois.

Je ne pourrai pas le retenir. Cette évidence me sidère. Me vexe aussi. Me met en colère. Me plonge dans une peine infinie. Tous ces sentiments se disputent sous mon crâne, et imprègnent chaque cellule de mon être. Je me sens si impuissante, si misérable, je me sens vaincue par une intolérable injustice.

À quel moment me suis-je endormie ? De temps à autre, un sursaut de révolte me ramène dans cette affreuse réalité.

L'œil sur sa montre, Heinz veille, et je le guette d'un œil, je le tiens contre moi, je refuse de me rendormir.

Les heures s'enfuient si vite que le jour gris ne tarde pas à percer à travers les volets de bois. Il me repousse doucement.

À travers mes cils, je l'observe endosser son uniforme. Malfaisantes petites icônes, les têtes de mort étincellent sur le revers noir de son col. Le lieutenant s'habille avec méthode. Il manie le rasoir, s'asperge d'eau, gomine ses cheveux, sa haute silhouette penchée au-dessus du petit lavabo.

Ses longs doigts jouent du briquet. Il allume le réchaud, rassemble ses affaires, recompte ses marks, relit plusieurs fois un feuillet plié en quatre dans sa poche. Toute cette agitation me donne la nausée. L'odeur d'orge grillée me décide à poser un pied au sol.

Nous échangeons un regard lourd de sens. Un cruel frisson s'émousse dans mon ventre. Pourquoi me fait-il encore cet effet ? Je le soupçonne d'avoir voulu partir sans me réveiller. L'aurait-il fait ? Peut-être qu'il n'en sait rien lui-même.

Il est déjà ailleurs. Il engloutit son café, déchire une page du carnet qu'il conserve dans la poche de son manteau.

— C'est mon numéro de secteur postal. Pour m'écrire, tu dois transmettre tes courriers à Otto, il est notre intermédiaire.

— Tu veux qu'on s'écrive ?

— Si tu le souhaites aussi…

Son ton incertain me flatte. Doute-t-il de mes sentiments ? Ai-je ce pouvoir sur lui ?

— Oui, bien sûr, oui je veux de tes nouvelles…

— Mais ne sois pas imprudente dans tes lettres.

— Ce sera à toi d'être prudent…

Mon murmure suspend son crayon un instant, puis il reprend ses griffonnements. Je le regarde s'envelopper dans ce long manteau qui devra le protéger du froid russe, et je frissonne. Ses doigts effleurent les miens, et le papier se loge dans ma paume. Quelques chiffres, si futiles, si importants, qui seront le seul moyen de nous relier l'un à l'autre dans le chaos qui engloutit et brasse tant d'existences.

Il capture mon visage entre ses mains. La courbure de son nez s'appuie contre l'arête du mien, et une dernière fois, je goûte ses lèvres qui se pressent contre ma bouche. Il s'arrache à moi. Nos regards se blessent. La douleur qui me cisaille la poitrine vibre entre nous deux.

— Otto m'avait conseillé d'être odieux, pour que tu me chasses, que tu me détestes, souffle-t-il en enfilant ses gants.

— Je te déteste… autant que je…

— Que tu… ?

Incapable d'achever ma phrase, je lui envoie un pâle sourire ; la flamme qui couve dans l'eau bleue de son regard se réchauffe.

J'agrippe sa manche.

— Prends soin de toi, Adèle, me conseille-t-il en détachant lentement mes doigts. Ne te fie à personne. Tu es si douce, si délicate… et la guerre révèle le pire.

Un pas en arrière l'éloigne de moi. Il entrouvre la porte. Alors c'est tout ? Nos derniers mots ?

Le bruit de ses bottes cloutées accompagne sa fuite. Des spasmes me secouent. Je mesure toute la place qu'il a prise dans mon existence, tout ce vide qu'il laisse derrière lui, tout ce mal qu'il me fait.

FIN DU TOME 1… À suivre.

TABLE DES MATIÈRES